Carsten Henn

L'uomo che impastava storie

Traduzione di
Sara Congregati

GIUNTI

Titolo originale:
Der Geschichtenbäcker

Giunti Editore si impegna per uno sviluppo sostenibile
con l'utilizzo di carta certificata FSC® proveniente
da fonti gestite in maniera responsabile.

www.giunti.it

Via Bolognese 165 – 50139 Firenze – Italia
Via G.B. Pirelli 30 – 20124 Milano – Italia

Prima edizione: settembre 2024

A tutti coloro che iniziano una nuova vita

«Se sai fare il pane,
allora hai tutti gli ingredienti
per una vita felice.»
Giacomo Botura, fornaio

1

La crosta

Per quanto si balla ancora, finita la musica? Si domandò qualcuno nella sala da concerto municipale.

La sala era un portagioie carico di oro e fronzoli, stucchi e bordure. Tutto sembrava suggerire che il tempo era ininfluente, qualunque fosse l'anno, il mese, il giorno, non aveva importanza.

Ma il tempo invece passava, e questo era parte del problema.

Sofie Eichner era seduta in quinta fila, al posto trentaquattro. Pur essendo una sedia imbottita, ebbe la sensazione di sprofondare. Nei film capitava di vedere persone che affondavano di spalle – e sempre al rallentatore – in un morbido piumone. Si sentì così anche lei in quel momento, fu come cadere all'indietro, al rallentatore, mancava soltanto il piumone.

A dire il vero, la musica per Sofie aveva smesso di suonare più di tre mesi prima, quando un infortunio aveva strappato la puntina dal vinile e il direttore aveva subito colto l'occasione per sbarazzarsi di lei. In fin dei conti era già diverso tempo che pensava di sostituirla, e così aveva fatto l'anno precedente nella sala da concerto, lasciando esibire sempre più spesso la nuova ballerina come ospite d'onore. Un astro nascente. E per di più il suo tipo ideale di donna. Irina Nijinska. Già il nome suonava come una danza: due passi decisi con la schiena dritta, poi un leggero passo falso. Seguito da tacito stupore. La nuova prima ballerina della sala da concerto sembrava fatta di materia evanescente per come si librava sul palco. Magari nella sua vita precedente Irina era stata una foglia, pensò Sofie. Un'innocente foglia d'acero che in autunno si tingeva di giallo e poi di rosso, e che non avendo commesso alcuna colpa si era meritata quella vita. Il primo premio alla lotteria del karma.

Dopo l'infortunio di Sofie, Irina non aveva fatto nulla per consentirle di ottenere un'altra occasione.

Tutt'altro.

Irina aveva sfruttato al massimo la sua.

Ecco perché in quel momento si trovava sul palco, mentre Sofie era seduta con suo marito Florian nei posti migliori – i posti d'onore! –, costretta a sentir suonare per un'altra quella musica meravigliosa. Da lì Sofie ebbe modo di ammirare ogni più piccolo dettaglio dello spettacolo, avendolo esattamente davanti agli occhi, e le note dell'orchestra la colpirono con forza inequivocabile. Fu troppo per lei.

E come per deriderla, suonarono persino *La Belle au bois dormant*, meglio nota come *La bella addormentata*, la famosa musica da balletto di Čajkovskij. Era il pezzo forte di Sofie. Nessuno dei suoi ruoli era stato tanto apprezzato, non c'era balletto in cui si fosse esibita più volte di quello. Lo aveva fatto suo, così si era espressa la stampa.

Irina eseguì in quel momento un *grand jeté*, il salto in spaccata in cui ci si sollevava con un piede e si atterrava dolcemente sull'altro. Sofie era sempre stata impareggiabile nel *grand jeté*. Nessuno sollevava le gambe con più eleganza, più slancio e più precisione di lei, nessuno restava in aria più a lungo. Nel foyer campeggiava ancora una sua foto di due metri per tre mentre eseguiva quel salto.

Il pubblico trattenne il fiato.

Sofie sentì di non riuscire più a respirare, l'aria le si comprimeva nel petto. I polmoni le si erano irrigiditi, come fossero di pietra.

Si alzò.

In quel preciso istante tutti gli sguardi si incollarono su di lei, quasi fosse una carta moschicida. Sofie si voltò subito a sinistra facendosi strada a piccoli passi davanti a chi era seduto, sfruttando lo spazio esiguo tra le ginocchia dei presenti e lo schienale della fila di fronte. Oltrepassò la signora Malewski, il signor Stromer accompagnato dalla signora Adelheid, la signora Schneiderling e il signor Barberi. Tutte personalità di spicco e di potere nell'associazione di promozione del balletto. Detenevano quei posti da tempo ormai immemorabile, e non li avrebbero ceduti nemmeno sotto minaccia di morte, salvo lasciarli prima o poi con spirito magnanimo agli eredi.

Due di loro spostarono le ginocchia piccati (Adelheid Stromer e la signora Schneiderling), altri due (il signor Stromer e la signora Malewski) protestarono per il disturbo arrecato scivolando in avanti per mettere in difficoltà Sofie. Il signor Barberi, invece, neppure si mosse, e rifiutandosi di cedere alla distrazione, continuò imperterrito a guardare il palco nella segreta speranza che il resto del pubblico lo ammirasse per il contegno stoico.

Sofie sorrise per scusarsi, pur non essendo affatto in vena. Ma chi era ballerina di professione sapeva sorridere in ogni circostanza, anche quando il corpo urlava in silenzio. Sorridere implicava tendere determinati muscoli. Non necessariamente esprimeva un'emozione.

Sofie continuò a sussurrare «Scusi» sino a farlo diventare un mantra ripetuto più a sé stessa che agli altri spettatori. *Scusa, Sofie, se ti ho deluso*. Insieme a tutti quelli lassù sul palco. Sapeva che duro colpo fosse per le ballerine e i ballerini, quando qualcuno fra il pubblico si alzava. Toglieva la concentrazione, e istintivamente ci si interrogava su cosa si avesse sbagliato. Quando accadeva a una prima, come in quel caso, subentrava anche il timore che fosse andato storto qualcosa nella coreografia, e che presto altre persone avrebbero lasciato la sala.

Sofie si mosse in modo più convulso, sentendosi addosso innumerevoli sguardi come punture di spillo sulla pelle. Gente che in segno di chiara disapprovazione scuoteva il capo, arricciava il naso, schioccava la lingua. Non riusciva ancora a respirare correttamente, aveva i polmoni in fiamme.

Senza più sorridere a nessuno, a testa bassa, il viso schermato dai capelli un tempo biondo paglierino e ora castani, Sofie si limitava ormai a guardare unicamente piedi e ginocchia. L'imponente porta a due ante che dava sul foyer le sembrava lontanissima. Per poco non cadde. Lo avrebbe quasi voluto.

Cercò di guadagnare l'uscita più veloce che poté. Ma senza correre. Più veloce che poté con il suo luccicante abito da sera dorato, stretto e lungo fino ai piedi.

Un flash. E un altro ancora. Le scattarono alcune foto. Poi sempre di più. Superato il limite della decenza, la gentaglia non aveva problemi a calpestarlo. Altri flash, stavolta più vicini.

Poi un tonfo. Il pubblico sussultò.

Lei si voltò e vide Irina stesa a terra sul palco, doveva essere caduta. Irina non cadeva mai.

Sofie increspò le labbra così forte da non sentirle più.

Dopo di che varcò la porta, passando dal buio della sala alla luce folgorante dell'attiguo foyer deserto. Dovette abbassare le palpebre. Ciononostante si affrettò sulle lucide piastrelle bianche del pavimento verso Münsterplatz, luccicante per la pioggerella e con il selciato scivoloso come se lo avessero insaponato.

Soltanto su quel terreno incerto Sofie tornò finalmente a respirare.

Guardò dietro di sé.

Florian non l'aveva seguita.

Rifletté qualche istante su cosa fare. Doveva andare. A casa. Fu un sollievo mettere sempre più metri di distanza fra sé e il teatro. La città fu un vero toccasana per lei. In giro soltanto persone che in quella fresca sera d'aprile, invece di ballare, sgusciavano via sotto la pioggia, spesso leggermente curve, come se così riuscissero a risparmiarsi qualche goccia di troppo. In realtà in quel modo si bagnavano ancora di più.

La pioggia fresca lavò via il calore della sala da concerto dalle sue spalle nude. Il tessuto sottile dell'abito di lusso si bagnò tutto, e il drappeggio perfetto si afflosciò.

Sofie guardò le lastre di pietra luccicanti per non inciampare. Ognuna era diversa, e tuttavia formavano insieme un tutt'uno coerente. E nessuna di loro si interrogava sul proprio posto nel mondo.

Sofie era talmente concentrata sulle pietre all'estremità ovest di Münsterplatz che si scontrò con un anziano.

«Mi dispiace! Mi scusi per la mia disattenzione. Va tutto bene?» domandò all'uomo steso sul selciato, porgendogli immediatamente la mano.

«Ai libri non è successo niente» rispose il vecchio evidentemente sollevato dopo aver tastato con cura il proprio zaino. Indossava una salopette verde oliva, una giacca dello stesso colore, fin troppo grande per lui, e un cappello floscio.

«In realtà mi riferivo a lei» precisò Sofie.

«Alla mia età non è un problema cadere, bensì rialzarsi» replicò l'uomo con una scintilla di malizia negli occhi.

Sofie lo aiutò a sollevarsi e gli ripulì i vestiti dallo sporco della strada.

«Sono davvero mortificata, ero totalmente distratta.»

«L'ho visto. Era così assorta nei suoi pensieri che sembrava stesse leggendo un libro.»

Sofie scosse il capo. «No, stavo attenta alle lastre di pietra.» Si interruppe. «In realtà riflettevo sulla mia vita.»

«A volte fa bene riflettere sulla propria vita con la stessa concentrazione con cui si legge una storia. E interrogarsi su come andrà a finire. Sin quando non ci accorgiamo di essere noi a scriverne il prosieguo.» L'uomo guardò l'orologio. «Devo andare, il mio primo cliente mi aspetta. E a lui non piace aspettare.» Sistemò meticolosamente lo zaino e si raddrizzò il cappello.

«Mi scusi ancora» disse Sofie. «Di solito non sono così.»

«Non c'è problema. Basterà che allunghi il passo, e il mondo sarà ancora lì dove dovrebbe essere.» La guardò e le sorrise. «Ha l'aria di una donna molto gentile. Dunque le auguro di tutto cuore buona fortuna. Per la sua vita.» Annuendo in modo cortese, si voltò e procedette veloce in direzione di Münster.

Quando Sofie si guardò intorno nel tentativo di orientarsi, posò lo sguardo su una bambina dai riccioli scuri affacciata a una finestra. Assomigliava all'anziano che aveva appena svoltato l'angolo. Quella ragazzina aveva ancora tutta la vita davanti.

Al contrario, per la bambina ballerina che da sempre albergava dentro di lei non sembrava esserci più niente di importante in vista.

La linea 18 del tram portava fuori città, costeggiando sempre meno case e sempre più campi coltivati a cereali, patate e fiori. Cessata la pioggia al tramonto, un aprile capriccioso fece diffondere ovunque la calda luce del sole, e con essa una quiete idilliaca, l'esatto contrario dello stato d'animo di Sofie. Quando i binari disegnarono una curva, ecco rispuntare in lontananza la silhouette della città nel cielo della sera. Al centro, come una perla nera nella sua conchiglia, c'era la sala da concerto.

Sofie distolse subito lo sguardo e iniziò ad armeggiare con il vestito completamente fradicio e freddo sulla pelle. Poi strinse a sé la pochette quasi fosse uno scudo.

Quando il tram raggiunse la sua fermata e solo lei scese nella luce al neon dell'unico lampione, ne ebbe la certezza assoluta: non avrebbe più ballato.

Vide la propria immagine riflessa nei finestrini del tram, che si rimise in movimento. Gli occhi leggermente troppo distanti, gli zigomi non abbastanza sporgenti. Non era una bellezza classica. Non lo era mai stata. Da bambina il suo corpo era cresciuto in modo irregolare e con poca eleganza. Il collo era troppo corto, le braccia troppo lunghe, il sedere troppo grosso e il naso eccessivamente a punta. Ma crescendo e affinandosi, Sofie aveva sviluppato doti che la predestinavano alla danza. E ballando, per la prima volta si era sentita bella. Ballando era completamente sé stessa e aveva trovato il suo posto nel mondo.

Quando il tram era ormai scomparso nel buio lontano, il villaggio dinnanzi a lei venne avvolto dal silenzio. Era uno di quei luoghi dove nessuno sapeva esattamente perché si trovasse lì. Non c'erano fiumi, né crinali né valli fruttuose. Quella striscia di terra era uguale a tutto ciò che la circondava. Avrebbero potuto spostare il villaggio di dieci, persino venti chilometri in qualsiasi direzione senza che facesse alcuna differenza.

Nei paraggi era noto come "Il luogo delle pansé", perché lì le aziende di floricoltura coltivavano da sempre i fiori per i cimiteri della città. C'erano tre grosse ditte che gestivano anche un negozio di fiori recisi, e tra loro non si sopportavano.

Al villaggio andavano fieri della loro fondazione di epoca romana, della quale restava un minuscolo tratto di cinta muraria circondato da sbarre e protetto da un tetto all'unico incrocio con semaforo. Un dirigente scolastico in pensione cercava da anni di dimostrare che i resti in pietra erano appartenuti alla villa di un commerciante romano, sebbene tutto lasciasse pensare che avessero fatto parte di una stalla per mucche.

Sofie superò il campanile, l'edificio più alto del

villaggio, dove a volte nidificavano i barbagianni. Ai bambini dell'asilo (la scuola elementare non c'era, la più vicina si trovava nel paese adiacente) piaceva disegnarne il volto a forma di cuore con piccoli occhi neri.

I pochi negozi esistenti oltre a quelli di fiori erano tutti sulla via principale.

Passò davanti alle vetrine scure. C'erano il Panificio Johannes Pape & Figlio, e accanto l'emporio della famiglia Nittels. Al posto della macelleria rimasta vuota per diversi anni aveva aperto di recente una bisteccheria che si chiamava Glut & Asche. Il proprietario stava spesso sulla porta, fumava e guardava in strada, come se in quel modo potesse attirare più clienti. La filiale della banca e il negozio del parrucchiere erano stati chiusi, al posto della prima c'era ormai soltanto un bancomat, e chi desiderava una nuova acconciatura doveva recarsi nel paese vicino, al salone Schnittpunkt. Poi c'era il contadino Mattes, un uomo robusto dalle guance rubiconde che sembrava un poppante grande e grosso avvezzo a urlare. Ai margini del villaggio teneva polli, oche e due colonie di api. Poco distante c'era anche un supermercato con grandi lettere al neon su una facciata di vetro e parcheggio gratuito.

L'unico pub era l'Ochsen (con pista da bowling). Quando ci passò davanti, la porta d'ingresso si aprì e qualcuno sbatté fuori un uomo che si era preso una bella sbornia. Portò con sé una ventata di musica assordante.

Sofie sentì le gambe assuefarsi al ritmo e i passi adeguarvisi in modo goffo. Si premette forte le mani sulle orecchie fino a sentire dolore. Si allontanò in fretta, oltrepassò il cimitero con la piccola cappella e riabbassò le mani soltanto quando svoltò l'angolo in Beller Strasse, dove, illuminato da un lampione, si trovava il palazzo in cui abitava, al secondo piano.

Dopo aver aperto la porta d'ingresso, Sofie andò in soggiorno senza togliersi le scarpe con i tacchi, si inginocchiò davanti alla cassettiera e aprì l'ultimo cassetto. All'interno c'era una scatola con un fiocco rosa. Sollevò il coperchio con cautela e lì per lì stentò a credere di aver avuto piedi tanto piccoli da entrare nelle sue prime scarpette da ballo. Le suole erano state consumate a furia di danzare, e sulla scarpa sinistra si vedevano ancora le gocce di sangue sbiadite del giorno in cui aveva esagerato con le punte. Estrasse le scarpe e se le premette sul petto, stringendole forte. Perché le cose belle e giuste della vita non duravano per sempre? Perché il mondo doveva continuare a girare, quand'era già al posto giusto?

Aveva vissuto il suo sogno di bambina. Ma dove stavano i sogni delle bambine adulte? Sofie si accasciò sul pavimento dando libero sfogo alle lacrime.

Seguitarono a scenderle sulle guance a lungo, molto a lungo.

* * *

Dopo che Sofie ebbe lasciato la sala, Florian rimase sino alla fine. Era seduto al posto trentacinque in quinta fila, e guardava fisso il palco, interamente preso da quel che accadeva lì sopra. Non guardava né a destra né a sinistra, non si scusava con nessuno. Tutto normale. *Houston, nessun problema.*

Riuscì a sopravvivere anche all'intervallo, quell'intervallo incredibilmente lungo in cui provò più volte, ma senza successo, a chiamare Sofie al telefono e in cui dovette rispondere alla stessa identica domanda posta da diverse persone. Lo conoscevano in molti, essendo lui ad allestire le scene in quella sala da concerto ormai da diversi anni.

Si era trattato di un forte attacco di emicrania. Questa la sua versione. Soltanto dopo aveva pensato a un brusco calo di pressione, ma in tal caso Sofie non se ne sarebbe andata così in fretta. Nausea? Ma poi sarebbe potuta tornare più tardi. Gli era venuta in mente l'emicrania alla prima domanda che gli avevano posto all'intervallo, e a quella dovette attenersi anche in seguito, sebbene lei non ne avesse mai sofferto in vita sua.

Non gli aveva detto niente, si era semplicemente alzata e se n'era andata. Tipico di Sofie, che dava sempre per scontato che lui sapesse cosa le passava per la testa. In questo si sentiva come un pescatore che malgrado l'esperienza pluriennale non aveva ancora idea di cosa succedesse in mare. Ogni tanto gli capitava un colpo di fortuna e pescava qualche pesce argento brillante. Ma negli ultimi tempi di fortuna ne aveva avuta ben poca, anzi nessuna.

Il secondo tempo del balletto era stato persino peggiore del primo. A causa del posto di Sofie, non soltanto vuoto ma addirittura abbandonato.

Quando calò il sipario, Florian si sentì in dovere di recarsi dietro le quinte a congratularsi con la compagnia e ad abbracciare Irina in lacrime. Lei si strinse a lui, quasi premendogli il petto, e lui le accarezzò i capelli sottili.

«Sofie sarebbe voluta restare» disse Florian consolandola. «Non vedeva l'ora di brindare con voi.»

Sciocchezze.

Florian se lo aspettava. Da quando aveva smesso di ballare, Sofie si era trasformata in una sorta di elastico di gomma, da un lato attaccato al balletto, dall'altro sempre più in trazione verso una nuova vita. Era rimasto teso a lungo, e ormai era soltanto questione di tempo, presto o tardi si sarebbe spezzato.

La presunta emicrania di Sofie lo costrinse ad abbandonare velocemente i festeggiamenti. Gli sarebbe piaciuto far festa sino a notte fonda, perché la coreografia era stata innovativa, la compagnia – incidente a parte – era in forma smagliante, persino l'orchestra aveva indovinato la serata giusta, il che non succedeva sempre. Soprattutto perché alle viole piaceva bere. Era quello il suo mondo, continuava a farne parte. La sua musica suonava ancora.

Poiché il tram successivo sarebbe passato soltanto di lì a mezz'ora, chiamò un taxi. Per tutto il tragitto il tassista non parlò d'altro che dello scandalo della prima del balletto, dell'ex prima ballerina che, offesa, era uscita dalla sala in lacrime urtando in malo modo le ginocchia di molti spettatori. Le brutte notizie correvano veloci. Ed evidentemente si arricchivano a mano a mano di nuovi, vividi dettagli. Florian si controllò, commentando tutte quelle assurdità soltanto dopo aver pagato. Ma poi, alzando la voce, disse: «Se avesse visto anche soltanto una volta con che grazia ed eleganza balla mia moglie, avrebbe chiuso il becco! Si è allontanata per via di un'emicrania! Lo racconti, dannazione, a tutti i suoi colleghi e a tutti i suoi clienti!». Alterato, Florian richiuse energicamente lo sportello.

Dopo di che guardò la palazzina in cui sperava

di trovare Sofie. Tre piani di recente costruzione. In mezzo a tutte le case massicce lì intorno, quell'edificio spigoloso con le pareti color crema e il tetto zincato aveva un che di alieno, come un ufo atterrato lì per sbaglio. Al pian terreno viveva il dottor Stephan Mettler, un otorinolaringoiatra di città, con sua moglie Sabine. La coppia, entrambi sui cinquantacinque anni, vi aveva realizzato un giardino da sogno per rendere omaggio all'Italia, Paese che, a causa della paura di viaggiare di Sabine, non avrebbero mai visitato. Al primo piano abitava Marie Denka, maestra presso l'asilo "I sette nani". Aveva sempre il sorriso sulle labbra, anche quando portava giù la spazzatura. Florian si chiedeva quale fosse il suo segreto. Doveva rivelarlo a Sofie. Meglio se all'istante.

Conosceva Marie dai tempi della scuola, poi però si erano persi di vista. Ma quando Florian e Sofie, sei mesi prima, avevano iniziato a cercare un'altra abitazione informandosi presso gli amici, a tre isolati di distanza Marie era venuta a saperlo e li aveva aiutati a trovare una nuova sistemazione.

Nel loro appartamento le tapparelle erano alzate, ma era tutto buio. Sofie non era andata a casa? Le era forse successo qualcosa?

Che idiota era stato! Come aveva potuto restarsene nella sala da concerto?

Florian aprì il portoncino del palazzo in tutta fretta e corse su per le scale. A corto di fiato spalancò la porta dell'appartamento, entrando accese la luce e poi, quasi in contemporanea, chiamò Sofie.

Dopo di che vide le sue scarpe con il tacco alto davanti al guardaroba.

E c'era dell'altro.

Tutte le pareti erano vuote.

Dove prima erano appesi i quadri ora rimanevano i loro contorni, sottili linee rette che lo guardavano come occhi spigolosi e vuoti. Le foto incorniciate di Sofie, le sue piroette, i suoi salti, il suo corpo che prendeva forma con la musica, tutto era sparito. Anche le foto delle coreografie di Florian, le magiche scene in cui i corpi dei ballerini e delle ballerine realizzavano un quadro al quale nessun pittore aveva saputo imprimere la stessa forza con il pennello. Istantanee spesso in bianco e nero. C'erano anche alcuni disegni di Florian, abituato a pensare per immagini ogni volta che doveva ideare una coreografia. Si sentiva letteralmente la musica, quando li si osservava. Chi sfilava nell'appartamento davanti a quelle immagini tendeva istintivamente il corpo, badava a dove metteva i piedi, come se dovesse stare in equilibrio su un ponticello stretto. Camminare per quelle stanze diventava una specie di danza.

Danza ormai completamente assente.

Florian trovò i quadri in soggiorno, impilati l'uno sopra l'altro, e avvolti in un lenzuolo. Nascosta lì sotto da qualche parte c'era anche la sua adorata collezione di dischi, raccolti in due decenni, il suo diario musicale. Così come la piccola radio da cucina con la lunga antenna estraibile, il primo oggetto che avevano comprato quando erano andati a convivere.

Sul divano in pelle nera trovò Sofie, rannicchiata come un embrione, con ancora indosso l'abito da sera scintillante, soltanto la cerniera sulla schiena era abbassata, il tessuto scivolato giù sulle braccia.

Florian prese un piumone dalla camera da letto, glielo posò sopra delicatamente e le accarezzò la spalla in modo rassicurante. Era un periodo difficile per lei. Il destino le aveva assegnato una nuova vita, sebbene lei non l'avesse mai chiesta. E non c'era alcuna possibilità di riavere indietro quella di prima. Il destino non ammetteva resi.

Sul divano, purtroppo, non c'era abbastanza spazio per accoccolarsi accanto a Sofie. Anche lei aveva bisogno di averlo vicino. O almeno era quel che sperava.

Sofie si girò voltandogli le spalle.

Florian si sedette sulla poltrona lì davanti.

* * *

Più o meno a trecento metri di distanza Giacomo Botura dormiva rigirandosi sul suo materasso logoro. Pur essendo il fornaio del villaggio, non sognava panini e farina, mollica e impasto. Sognava la terra della sua giovinezza, la Calabria. Come in ogni sogno gli appariva irreale, e i ricordi delle catene montuose e dei litorali sembravano evanescenti. Sognava spesso la Calabria quando la famiglia Nittels disponeva arance profumate accanto all'ingresso del loro piccolo negozio per attirare i clienti. Le arance gli ricordavano i frutti del bergamotto che aveva sempre raccolto insieme alla zia Rosarina.

Quella notte Giacomo sognò di risalire il sentiero ripido e polveroso che dal villaggio portava su al frutteto con vista sul mare. Si trascinò dietro a fatica le bottiglie dell'acqua e un cesto con il cibo per la pausa pranzo. Quando finalmente raggiunse l'ombra dei vecchi alberi, la pelle gli luccicava per il sudore. Sognò di raccoglierne i frutti aspri, leggermente amari, mentre un vento fresco soffiava nel boschetto sussurrandogli storie del mare vicino. Nei suoi sogni, in Calabria era sempre estate, ma non era mai troppo caldo, non c'erano zanzare fastidiose che pungevano né ci si scottava stando al sole. E nessuno lo prendeva in giro perché tergiversava durante la raccolta. Tutti sorridevano mentre lavoravano, sebbene il loro fosse un lavoro duro.

Da quei sogni Giacomo si risvegliava sempre ben riposato.

Avvenne così anche quel giorno, e appena sveglio il profumo dei bergamotti gli restò nel naso per un breve, meraviglioso istante. Quando andò in bagno a lavarsi, si passò accuratamente fra le dita la saponetta arancione al bergamotto, e mentre si godeva la sua forma rotonda, gli sembrò come i sogni della Calabria. Sempre così naturali, autentici, una perfetta illusione.

Ogni mattina, dopo essersi lavato, Giacomo si prendeva cura dei suoi capelli. Se li pettinava all'indietro, facendo ricadere le onde in modo assolutamente armonico. Aveva sempre ammirato quell'acconciatura in suo padre. Non che ci fosse molto altro da ammirare. Non si erano mai riconciliati.

Andando in soggiorno, accendeva soltanto una luce soffusa, la penombra gli sembrava più appropriata per i mobili antichi che apparivano sempre così inerti, come bisognosi di un lento risveglio. La casa era già arredata quando vi si era trasferito, e Giacomo non era uno che gettava via i mobili buoni perché non gli piacevano, o che staccava dalla parete un quadro meticolosamente dipinto soltanto perché ritraeva un cervo che bramiva davanti a un lago di montagna troppo azzurro. Aveva rispetto per l'artigianato. Con il passare del tempo si erano aggiunte foto incorniciate della vecchia patria. Una della sua squadra di calcio preferita, che aveva trovato sul giornale quando aveva rivinto lo scudetto dopo più di quarant'anni, e una che accarezzava ogni giorno con delicatezza e a cui diceva persino parole tenere. Nell'armadio a parete aveva infilato alcuni libri ricoperti da una patina d'orgoglio per le molte volte che erano stati letti. Per il resto aveva sostituito soltanto ciò che non era più funzionante. Il paralume strappato nella piccola cucina, le tende ingiallite in soggiorno, il lavandino rotto nel bagno. Aveva rimpiazzato tutto in modo conveniente. Aveva rattoppato quell'appartamento come si rattoppa un vecchio paio di pantaloni bucati. Con tutto ciò che aveva a disposizione. Inoltre non amava gli sprechi di denaro. Tra l'altro non guadagnava poi molto, e ogni mese mandava gran parte dei soldi in Calabria.

Il panificio si trovava di sotto, al pian terreno. Ma Giacomo doveva fare il giro della casa da fuori per entrarci: dieci metri abbondanti. Gli piaceva quel breve tragitto che separava il lavoro dalla casa, anche se a volte era costretto a correre per la pioggia, la neve e il temporale in arrivo. Anzi, gli piaceva proprio perché gli capitava di dover uscire con il brutto tempo. Se gli fosse bastato scendere le scale, non si sarebbe nemmeno accorto di che giornata fosse. E lui doveva saperlo, se voleva che il pane gli venisse bene. Perché l'impasto sapeva sempre come era il tempo, e si comportava di conseguenza.

I dieci metri sino al forno erano un vialetto di ghiaia con alcune piante di liquirizia, cinquefoglie argentata e peperoncini (di ben tre diverse varietà) della sua patria. C'era ovviamente anche un olivo piccolo e un giovane clementino per il quale aveva costruito apposta una minuscola serra. La maggior parte delle piante gliele aveva spedite sua nonna dalla Calabria perché non la dimenticasse (cosa che naturalmente non sarebbe mai successa). Erano come un bacio di sua nonna sulla fronte, una carezza sulle guance. Quando Giacomo ci passava accanto si sentiva un po' invidioso. La terra in cui avevano attecchito le radici era la loro patria. Lui invece si sentiva sempre un po' combattuto fra la vecchia e la nuova nazione. Aveva già cinquantatré anni, e ne aveva trascorsi più della metà in quel Paese. Era divenuto la sua patria ormai da tempo. Non una seconda patria, semplicemente una patria diversa.

Non c'erano lampioni lungo il breve tragitto. Doveva bastargli il bagliore della luna e delle stelle.

La luce gli sembrò dunque molto più intensa quando, come sempre alle quattro del mattino, entrò nel piccolo panificio dall'ingresso laterale, fece scattare l'interruttore, i tre tubi al neon sul soffitto si illuminarono tremolanti e vide la sua famiglia: le due impastatrici, i sacchi di farina, il grande piano di lavoro al centro, i cestini con il lievito, i canovacci, la carta per la doratura e ovviamente il forno a legna in argilla refrattaria. Ormai non ne costruivano praticamente più, ed era altrettanto difficile trovare fornai disposti a fare quel lavoro. Il vecchio forno dava il suo bel da fare, e restava sempre un po' imprevedibile.

«Allora, vecchio drago» lo salutò Giacomo accarezzandone le due finestrelle di vetro da dove più tardi avrebbe osservato la cottura dei suoi impasti. «Pronto per un bel fuoco?»

Augurò il buongiorno anche alle tre piccole foto in bianco e nero incorniciate, che erano appese alla parete e dalle quali spolverava sempre la farina con un panno. Poi si scaldò le mani massaggiandole, perché l'impasto non tollerava il freddo. Voleva essere accarezzato e circondato di premure.

Giacomo avvertì una fitta al cuore quando si avvicinò al piano di lavoro e lo cosparse di farina. I costi per l'impresa e le materie prime erano così rincarati negli ultimi anni, ma i clienti non erano disposti a pagare di più. Persino un lieve aumento del prezzo dei panini aveva dato adito a lamentele. Lui avrebbe portato avanti l'attività soltanto producendo di più, rifornendo anche l'asilo o la squadra di calcio. La domanda c'era. Il piccolo panificio avrebbe dovuto crescere, diventare abbastanza forte da poter sopravvivere in quel mondo. Di conseguenza aveva bisogno di altra forza lavoro. Ma sino ad allora avevano risposto in pochi al suo annuncio, e nessuno era rimasto per più di un giorno. Se nel giro di sei mesi non avesse trovato un aiutante, avrebbe esaurito anche le ultime scorte. A quanto pareva nessuno intendeva più fare il fornaio. Nonostante fosse il mestiere più bello del mondo! Quale felicità più grande poteva esserci che sfornare dal vecchio drago pane fresco dorato e profumato, staccarne un pezzo ancora caldo e gustarselo subito?

Giacomo si mise al lavoro. Sin tanto che ne aveva la possibilità, voleva godersi ogni giorno lì dentro. Senza dire al vecchio drago che presto il suo fuoco si sarebbe spento per sempre.

* * *

Dopo una nottata pressoché insonne Sofie si mise davanti allo specchio del bagno e osservò la donna riflessa come se fosse un'estranea.

Aveva ai piedi il costoso abito da sera scintillante come i resti di un serpente dopo la muta. Anche la biancheria intima era sul pavimento. Era completamente svestita.

Quello non era più il suo corpo.

Il fisico di Sofie era sempre stato simile a una corda tesa, pronta a vibrare in qualsiasi istante. Da qualche settimana invece, quel corpo ambiva soltanto a starsene sdraiato sul divano. E a guardare la televisione, qualunque programma andava bene.

Appena alzata, aveva subito cercato Florian, ma lui non era in casa. In quel momento le si avvicinò da dietro. Fece scivolare le mani lungo i fianchi di Sofie, posandole sul suo grembo come aveva già fatto centinaia di volte. Una guancia le sfiorò l'orecchio, poi seguì un tenero bacio sul collo, giusto un battito di ciglia, un'effusione che in passato le aveva procurato spesso brividi di piacere.

Sofie amava quel rituale. Veramente. E Florian la toccava in quel modo perché sapeva che a lei piaceva così tanto. Certo, anche perché la desiderava, il suo non era un gesto del tutto disinteressato. Ma le era sempre stato bene così. Le faceva piacere sentirsi desiderata.

Ma in qualunque punto la toccasse Florian, adesso commetteva un errore. Tutto il suo corpo era un susseguirsi ininterrotto di punti sbagliati. Sofie provò a dimenticare le nuove curve, ma ciascuno dei suoi movimenti gliele ricordava.

«Buongiorno, raggio di sole» le sussurrò dandole

un altro bacio sul collo, stavolta con malcelato desiderio.

Quello non era il suo corpo.

E se Florian lo desiderava lo stesso, allora c'era qualcosa che non andava in lui. Non l'amava più, amava un'altra donna, quell'estranea.

«Lascia perdere» disse brusca.

«Rilassati. Scordiamoci quella stupida serata.»

Sofie guardò allo specchio i profondi occhi marroni di Florian, che un tempo la facevano sentire al sicuro, e protetta. A un certo punto si voltò e lo spinse via.

«Non sono convinta che tu mi ami ancora.»

«Certo che ti amo ancora!»

«E allora perché non me ne accorgo?»

«Cosa credi che stia facendo?»

«I preliminari, Florian. E il sesso non è la stessa cosa dell'amore.»

Sofie afferrò l'accappatoio, perché nella sua nudità si sentì d'un tratto vulnerabile. E inoltre non voleva essere vista nuda. Non da Florian, che in quanto coreografo aveva tutti i giorni a che fare con corpi perfetti, come quello che lei aveva ormai perso. E neppure da qualcun altro. In particolare era lei stessa a non volersi più guardare.

«Il sesso fa parte dell'amore. E poi non faccio altro che dimostrarti in mille modi quanto ti amo. Peccato che tu neanche te ne accorga.» Florian uscì dal bagno e tornò con una busta della spesa. «Mi sono alzato presto apposta per preparare la colazione, volevo che oggi venissi svegliata dal profumo del tè. Ma quando ti ho vista nuda davanti allo specchio, d'istinto ho cambiato i miei piani...» Tirò fuori un mazzo di fiori dalla busta. «Ecco, ti ho preso le peonie che ti piacciono tanto.» Le posò sul lavandino e afferrò qualcos'altro. «Il costoso succo d'arancia con polpa e anche il sapone. Questo perché ti penso persino al supermercato e mi ingegno ogni volta per migliorarti anche soltanto un po' la vita.»

«Con una saponetta all'aloe vera?» Sofie si strinse addosso l'accappatoio.

«Sì, anche con una saponetta all'aloe vera. Il suo messaggio per te è: Florian ti ama. Il suo è... un amore pulito.» Le sorrise.

Ma lei non ricambiò il suo sorriso. «Non basta. Il sapone non basta all'amore. Si deve dire all'altra persona "Ti amo". E oltre a dirlo, bisogna anche pensarlo.»

Dentro di sé Sofie sapeva benissimo di essere lei il problema, infatti era lei a non amarsi più. E qualunque cosa facesse Florian, non cambiava certo le cose.

«Sofie, io ti...»

«Adesso non conta più! Quando diventa necessario chiederlo, è come prendere un mazzo di fiori a un distributore invece di riceverli in dono.»

Spazientito, lui lasciò cadere a terra la busta della spesa. «Vuoi dirmi una volta per tutte che diavolo ti succede? E cosa è successo ieri sera alla sala da concerto? Ho raccontato a tutti che hai avuto all'improvviso un attacco di emicrania.»

«Non voglio parlarne.» Sofie provò a scansarlo, ma Florian la trattenne per una spalla.

«E invece dobbiamo parlarne. Non passa da sé. Avremmo dovuto parlarne già settimane fa. Ho pensato di lasciarti un po' di tempo. Ma la serata di ieri mi ha fatto capire che il mio è stato l'approccio in assoluto più sbagliato.»

Sofie guardò la busta della spesa, il contenuto era ormai sparso sulle mattonelle del bagno. «I peperoni gialli non mi piacciono per niente.»

«Quelli li ho comprati per me.»

«Durante la tua visita disinteressata al supermercato.»

Sapeva di essere ingiusta. Ma anche il mondo era ingiusto con lei, e così voleva essere a sua volta ingiusta con qualcuno. Le dispiaceva che quel qualcuno fosse proprio suo marito, ma non abbastanza per scusarsi con lui. Si liberò della sua mano sulla spalla e uscì dal bagno.

Florian le andò dietro. «Allora adesso ti dico cosa c'è che non va in te. E non potrai fermarmi!»

Proprio quando Sofie era sul punto di dire "Staremo a vedere!" – perché un bel litigio era ciò di cui aveva più bisogno, e preferibilmente uno in cui poter urlare in faccia a Florian tutto il suo malumore – suonarono alla porta.

I due si guardarono.

«Aspettavi qualcuno?» gli domandò.

«No, e tu?»

Sofie andò al citofono. «Chi è?»

«Apri subito, Anouk ha urgenza di andare in bagno.»

Sofie premette l'apriporta, e pochi istanti dopo salirono su per le scale sua sorella Franziska e la figlia di cinque anni Anouk. Il secondo nome di Franziska era Sofie, e il secondo nome di Sofie era Franziska, così i loro genitori avevano voluto sottolineare che le figlie si assomigliavano pur restando indipendenti l'una dall'altra. Non avevano calcolato quanto le avrebbero prese in giro a scuola per quei nomi invertiti. Nomi che, in effetti, avevano contribuito a saldare il legame fra le sorelle.

«Non è vero che devo andare in bagno!» disse Anouk ostinata, rimanendo ferma su uno scalino a braccia conserte.

«Certo che sì! Lo vedo da come cammini! Vai, su! Altrimenti stasera niente televisione.»

«Sei cattiva! Sei la mamma più cattiva del mondo!»

«Lo so. È un lavoro penoso, ma qualcuno dovrà pur farlo.»

Con passo pesante e senza dire una parola Anouk si trascinò in bagno passando accanto a Sofie.

Franziska abbracciò la sorella. «Dovevo venire a farti visita. Per via di quello che è successo ieri sera alla sala da concerto. Ne parlano tutti in città.» Guardò Florian e poi abbracciò anche lui. «E tu sei rimasto lì così, come se niente fosse? Tutto bene qui?» Gli dette una gomitata nel fianco.

«Vado a lavorare al computer» disse Florian a Sofie. «Parliamo dopo.»

Franziska aggrottò la fronte. «Ho forse interrotto qualcosa?»

Sofie agitò la mano e fece un respiro profondo. «Tè? A me ne serve uno in ogni caso.»

Mentre era in cucina con la sorella a mettere la teiera sul fuoco, arrivò di corsa Anouk con una smorfia d'orgoglio sul viso.

«La salsiccia era grande così!» Indicò la misura con le mani. A meno che non stesse esagerando, aveva appena scaricato nel gabinetto una cosa grossa come un pony. Poi la bambina girò su di sé come una modella. «Noti niente?»

Sofie guardò con aria interrogativa Franziska, che si stava strofinando gli occhi stanchi. «La nostra signorina non è più la principessa Lillifee, ma qualcun altro.»

«E chi sei adesso?»

«Indovina!» Anouk indicò la coroncina di plastica tra i capelli biondi con sopra molte pietre preziose finte.

«Una regina?»

«No, macché. Le regine sono tutte vecchissime.»

Dietro Sofie l'acqua cominciò a gorgogliare rumorosamente.

«Biancaneve?»

«Ma lei non esiste sul serio!» Anouk iniziò a impuntarsi. In fin dei conti era così evidente ciò che rappresentava! Fece vedere a Sofie la sua Barbie con i fianchi cinti da un calzino bianco.

«Una fata?»

«E da quando in qua le fate fanno bambini?»

«Allora spiegati» disse Franziska esortando la figlia. «La tua zietta da sola non ci arriva.»

«Sono Maria» rivelò la bambina trionfante. «Si vede, no?»

«Maria?»

«Sì.»

«Quale Maria?»

«Be', *quella* Maria.»

«La protagonista di un libro?»

Anouk agitò la Barbie davanti al viso di Sofie.

«La mamma di Gesù bambino. *Quella* Maria!»

«Finché aspetta un altro po' con l'Immacolata Concezione, per me va bene» disse Franziska versando l'acqua calda per sé e Sofie nelle tazze con le bustine di tè. «Ora vuole essere chiamata soltanto Maria. Quindi chiamala così e basta. Mi ci sono sfinita. È più testarda di un mulo.»

«Chissà da chi ha preso...»

«È una caratteristica di famiglia. Purtroppo ne siamo affetti tutti.»

Franziska non conosceva il motivo della scelta di Anouk, perché la bambina non aveva mai voluto parlare dell'umiliazione subita all'asilo. La maestra dei Sette nani, la signorina Denka, aveva preparato un piccolo spettacolo teatrale per la Pasqua, dove la storia della Passione veniva rappresentata in modo da poter essere apprezzata dai bambini dell'età di Anouk (il che non era stato affatto semplice). E l'*altra* Anouk – come poteva essere che all'asilo, al villaggio, nel resto del mondo ci fosse un'altra Anouk! – aveva avuto la fortuna di recitare nel ruolo di Maria e ricevere il bel costume con la veste fluente! Mentre ad Anouk era toccata la parte di una stupida pecora senza battute. Era così ingiusto! Per questo, e ciononostante, Anouk aveva deciso di impersonare Maria. Un ruolo di gran lunga migliore del suo. E non soltanto per uno sciocco spettacolo del momento ma per sempre. Ah!

«Da grande voglio diventare davvero Maria!» disse a Sofie con gran trasporto. «E con il vero Gesù bambino. Questa, in realtà, è soltanto una Barbie. Però non devi dirlo a nessuno!»

Sofie sollevò la mano per giurare. «Terrò la bocca chiusa. Promesso!»

«Vieni, andiamo a sederci, si parla meglio che stando in piedi.» Franziska prese a braccetto la sorella e la portò in soggiorno al tavolo da pranzo. «Allora, cos'è successo ieri?»

«Ho avuto un'emicrania» rispose Sofie non appena si sedettero sulle sedie di rattan.

«Ah, smettila, tu non hai mai avuto emicranie!»

Anouk strisciò sotto il tavolo. «Questa ora è la grotta di Maria» disse. «Posso costruirne le pareti con i cuscini del divano, zia Sofie?»

«Assolutamente. Non farò certo il diavolo a quattro per negare qualcosa alla madre di Dio.»

Franziska soffocò una risata. «Adesso dimmi la verità. E voglio sentire qualcosa di credibile.»

Sofie tamburellò con le dita sulla tazza di tè.

«Non resistevo più, okay? Star lì in mezzo al pubblico invece di ballare sul palco. È tanto semplice.»

«Non avresti potuto aspettare l'inter...»

«Ci ho provato, sul serio. Ma non ce l'ho fatta. Devo fare colazione, vuoi qualcosa anche tu? Una mela, una banana?»

Franziska scosse il capo. «Ho già dovuto finire gli avanzi del müsli al cioccolato con marshmallow di Anouk.»

«Io non mi chiamo Anouk, mi chiamo Maria!» gridò furibonda la bambina, di ritorno in quel momento con tre cuscini sotto le braccia che aveva appena razziato dal divano.

Mentre Sofie sfaccendava in cucina, Franziska prese la posta al centro del tavolo e iniziò a sfogliarla. Una busta la lasciò senza fiato. «Dall'ufficio di collocamento?» esclamò in direzione di Sofie. «E perché ti scrivono?»

«Non voglio neanche saperlo. Mi mandano sempre qualche offerta di lavoro. Ma non sono ancora a questo punto.»

Franziska fece spallucce e aprì la lettera. Le sorelle minori finivano sempre per fare ciò che le sorelle maggiori vietavano loro di fare. Quando Sofie tornò con un piatto sul quale c'era una mela tagliata in quattro spicchi e una banana sbucciata, Franziska aveva già letto ciò che di più importante c'era da sapere.

«Da' qua!» disse Sofie togliendole il foglio di mano. «Anche nelle famiglie esiste qualcosa che si chiama privacy.»

«Invece dovresti essermi grata per avergli dato una sbirciatina. Guai in arrivo.»

Come se non ne avessi già abbastanza, pensò Sofie sedendosi. «Perché?»

«Scrivono che dalla fine del tuo precedente impiego, ovvero tre mesi fa, ti hanno offerto un sacco di lavori. Ma tu né ti sei fatta viva con loro né ti sei data da fare per cercarti un nuovo impiego. Se non ti presenterai da nessuna parte per un periodo di prova, il tuo sussidio verrà ridotto. Magari non oggi e neppure domani, ma prima o poi accadrà. Ti hanno allegato una lista di possibili lavori.» Franziska gliela porse.

«Guardarobiera alla sala da concerto?» Sofie fece una risata amara. «Certo, come no!»

«Ce ne sono tanti altri.»

Sofie lesse ad alta voce. «Commessa in un negozio di mangime per animali? Portiera di notte all'Hotel Münsterplatz? Aiuto temporaneo al panificio? In fin dei conti è persino dietro l'angolo.» Gettò il foglio sul tavolo stizzita. «Devono lasciarmi in pace.»

«Sorellina, ti toglieranno il sostentamento!»

Florian entrò nella stanza e si chinò accanto a Sofie sussurrandole nell'orecchio: «Possiamo parlare subito? Devo andare in città per una riunione. Ma non voglio uscire prima di aver affrontato il discorso».

Lei riprese in mano la lista. «Purtroppo ora devo andare a un colloquio di lavoro. Altrimenti mi riducono il sussidio.»

Franziska alzò le sopracciglia ma non disse niente.

Anouk fece capolino da sotto il tavolo. «Ho strappato un cuscino, per via dell'imbottitura. Tantissima paglia per Gesù bambino! Volete vederlo nascere?»

* * *

Sofie dovette fare poco più di cento metri lungo la Beller Strasse, seguire poi un piccolo sentiero battuto che correva dietro ai giardini delle villette unifamiliari, svoltare una volta a destra, e dopo pochi passi si ritrovò al Panificio Johannes Pape & Figlio, davanti al quale c'era già la fila di clienti. Be', soltanto quattro persone, ma in fin dei conti erano pur sempre in un villaggio.

Le lettere piene di svolazzi sulla parete dell'edificio si stavano staccando in diversi punti. A sinistra dell'entrata era appeso un vecchio distributore automatico di dolciumi. La piccola insegna dietro al vetro che alludeva invitante al contenuto appetibile era ingiallita, le palline miracolose che cambiavano sapore e colore succhiandole erano sbiadite da tempo e la manopola lì sotto era in ogni caso arrugginita. A destra della porta d'ingresso c'erano due grandi vetrate, ma senza nessuna esposizione di prodotti da forno, nessuna decorazione stagionale con fiori e tralci, al vetro non erano attaccati cartelli pubblicitari che indicassero offerte o specialità della casa. Dall'esterno si vedeva soltanto il bancone e, sul retro, prodotti da forno impilati su uno scaffale.

Si mise in fila sentendosi addosso gli sguardi penetranti degli altri clienti. Evidentemente lì si conoscevano tutti, ma nessuno conosceva lei. Sofie non faceva parte della clientela fissa che si metteva in fila a quell'ora del giorno.

Sin tanto che rimasero davanti alla porta del negozio, parlarono fra sé allegramente, ma una volta entrati smisero di colpo, cosa che irritò non poco Sofie. Provò un senso di oppressione come quando andava dal dentista. Il pavimento in linoleum marrone facile da pulire si addiceva all'ambiente, così come le pareti tinteggiate di beige sino al soffitto. Tutto l'arredamento era in legno scuro e triste, mentre nell'angolo ronzava un frigorifero bianco con dentro qualche cartone di latte, formaggio confezionato, zabaione, canederli e confezioni di uova.

Ma Sofie quasi non ci fece caso, perché venne colpita dalla donna più fredda e astiosa che avesse mai visto. La commessa indossava un grembiule con una fantasia floreale sbiadita, legato stretto in vita. Aveva i capelli grigi raccolti in una specie di crocchia. Il suo sguardo arcigno sembrava suggerirle di togliersi di torno.

«Il prossimo!» intimò lei con piglio militare.

Prima di Sofie toccò a una giovane signora che teneva per mano il figlio sui dieci anni. Il bambino sembrava nervoso.

«Due baguette, per favore, pane nero affettato e quattro panini» ordinò la donna.

Il ragazzino tirò la madre per la manica. «Mamma» bisbigliò. «Posso avere un lecca-lecca alla ciliegia?»

La donna si chinò su di lui. «Forse la signora te ne darà uno, se lo chiedi educatamente.»

«Non lo avrà» ribatté duramente la commessa. «Non siamo un ente caritatevole, e dunque non abbiamo niente da regalare. Gli compri un muffin per bambini, nella confezione c'è anche un lecca-lecca. Non è che costi poi un patrimonio.»

«Capisco, ma c'è modo e modo di dire le cose.»

«La sostanza però rimane la stessa. Allora, vuole anche un muffin per bambini?»

La cliente fece un respiro profondo. «Sì, me lo dia.»

La commessa incassò i soldi e gridò: «Il prossimo!».

Sofie fece un sorriso. «Io sono qui per l'impiego. L'ufficio di collocamento mi ha...»

«Ah, eccone un'altra.»

«Al momento non ho alcun documento con me, volevo soltanto...»

«Sul retro» replicò la donna. «Se ne occupa il fornaio.» Indicò un corridoio stretto senza porte.

«Per di là?»

«E non stia lì a far la bella statuina, se davvero vuole un lavoro. Il prossimo!»

Sofie girò intorno al bancone, aspettò che la commessa, con una smorfia di disprezzo, la lasciasse passare e percorse il corridoio stretto e buio sino alla luminosa stanza in cui si trovava il forno.

La prima cosa che notò fu il bassotto con le labbra leggermente ingrigite. Dormiva accanto al forno caldo, completamente disteso come se volesse toccarlo con tutto il corpo. I bassotti potevano stare nella stanza dove si faceva il pane? Ciò non creava problemi con l'ufficio d'igiene? Il bassotto, però, non sembrava affatto curarsene.

Poi Sofie vide la grande radio a valvole sul davanzale della finestra che trasmetteva musica a tutto volume, sintonizzata su una stazione pop.

Il fornaio stava sfornando proprio in quel momento una teglia di panini. Doveva essere sulla cinquantina, e si vedeva che da anni faceva un lavoro manuale. Aveva mani e braccia possenti, anche se non la classica montagna di muscoli. Era un po' più alto di Florian, e con i modi tipici del Sud era persino attraente. A giudicare dalla pelle, sembrava aver passato molto tempo al sole, sebbene quell'anno si fosse fatto vedere ben poco. Sui capelli scurissimi portava un basco.

Ecco perché Sofie lo salutò dicendo: «*Bonjour*, sono Sofie Eichner e sono qui per l'impiego».

Per tutta risposta l'uomo annuì, infilò la teglia in un carrello metallico e, dopo aver osservato attentamente i panini, tornò a guardare Sofie e ne prese uno sul lato sinistro con la crosta un po' più scura. L'aveva cotto troppo.

Glielo porse. «Assaggi!»

«Ma io non ho…»

«Assaggi.»

«È ancora bollente.» Sofie se lo passò da una mano all'altra per smorzare il calore eccessivo.

Il fornaio la guardava carico di aspettativa.

Lei non mangiava pane e panini da molti anni. Carboidrati e farina bianca non erano adatti al corpo di una ballerina. Ma poiché l'uomo continuava a guardarla ansioso, si affrettò a staccare un pezzo di pane caldo. Si infilò in bocca la crosta con l'intento di ingoiarla immediatamente e lasciarsi presto alle spalle quel momento imbarazzante.

Ma poi non poté fare altro che masticare. E all'improvviso le si sprigionò sulla lingua un sapore che la commosse in modo particolare. Come se quel panino fosse stato cotto apposta per lei. Il che ovviamente era una sciocchezza.

«Devo mangiare anche l'interno?» domandò Sofie.

Il fornaio scosse la testa. «No, ora farà l'impasto.»

Malgrado il basco, l'uomo stranamente non aveva accento francese ma italiano.

Sofie posò il panino su un grosso sacco di farina. «Ma io sono qui per il posto da commessa.»

«Dove ha letto che cercavo qualcuno per la vendita?»

Da nessuna parte.

L'uomo indicò il grande tavolo di metallo cosparso di farina al centro del laboratorio, prese dal secchio di plastica una grossa palla di pasta e ve la pose sopra.

«Impasti.»

Sofie non cucinava, men che meno usava il forno. In vita sua si era cibata per lo più di frutta, verdure crude e proteine.

«Pensavo di vendere...»

«Alla vendita del pane ci pensa già Elsa.» Il fornaio indicò con entrambe le mani la palla di pasta come se facesse parte di un gioco di prestigio.

«Non so impastare.»

«Non importa. Se sa ascoltare, sarà l'impasto a dirle come fare.»

Rimase a bocca aperta. Era davvero un semplice colloquio di lavoro? E quell'uomo era davvero un fornaio normale?

A quel punto l'uomo accarezzò l'impasto, con molta delicatezza, come se volesse rassicurarlo su ciò che lo aspettava, ovvero il modo energico con cui Sofie lo avrebbe maneggiato. Poi alzò di nuovo lo sguardo su di lei.

«È un buon impasto.»

Sofie guardò la porta sul retro. Sarebbe bastato uscire da lì e l'incubo sarebbe cessato all'istante. All'ufficio di collocamento avrebbe raccontato che il colloquio di lavoro aveva avuto esito negativo. Poteva funzionare, no?

Fece un passo verso l'uscita. «Mi scusi, ma questo è un grosso equi...»

«L'impasto sta aspettando» la interruppe il fornaio, voltandosi di nuovo verso il forno dal quale estrasse un'altra teglia.

Sofie guardò l'impasto in attesa. Ebbe la sensazione di doverlo lavorare per non fargli alcun torto. Che assurdità!

Ma l'uomo era occupato in altro.

E l'impasto stava ancora aspettando.

Sofie si avvicinò al piano di lavoro.

«Si tolga la fede e poi si lavi le mani» ordinò il fornaio senza guardarla. «E se le risciacqui ben bene. Altrimenti l'impasto saprà di sapone. E a lui non piace.»

Se fosse stata un impasto, non sarebbe piaciuto nemmeno a lei, pensò Sofie. Okay, avrebbe superato anche quel momento. Avrebbe impastato velocemente, si sarebbe mostrata il più possibile goffa e incapace, il che non avrebbe richiesto chissà quale sforzo, e *zacchete*, il colloquio di lavoro sarebbe finito. Quanto meno avrebbe fatto un tentativo. E l'ufficio di collocamento a quel punto l'avrebbe di sicuro lasciata in pace per un bel po'.

Fu strano sfilarsi la fede, ma in un certo senso anche liberatorio. Come se, così facendo, Sofie potesse sbarazzarsi di tutti i dissapori con Florian. Dopo essersi lavata le mani e averle risciacquate a lungo, tornò al tavolo. Fece un respiro profondo, dopo di che toccò esitante l'impasto. Era davvero una bella sensazione. Lo trovò così… soffice. Quando vi affondò le dita ancora di più, quello cedette spontaneamente, senza appiccicare. Usò i palmi per premerlo contro il piano di lavoro. Lo aveva visto fare in una trasmissione televisiva. Non sapeva, in realtà, se fosse giusto o meno.

L'impasto di fatto non le disse un bel niente.

E così lo lavorò a modo suo. E fu proprio una bella sensazione. Per un istante dimenticò persino tutta quella strana situazione e non pensò a nient'altro. Le fece bene.

Ebbe un lieve sussulto, quando all'improvviso si ritrovò il fornaio accanto. «Basta così adesso. Altrimenti si impasta troppa aria.»

«Mi dispiace. Ma gliel'avevo detto, non sono capace.»

L'uomo modellò rapidamente l'impasto a formare un rotolo. «Può imparare con me.»

«Cosa? Ma io non ho la più pallida idea di come si faccia.»

«Lei ha un bel ritmo. L'impasto apprezza.»

Sofie lo fissò incredula. «Ma lei sa chi sono io?»

Il fornaio fece un sorriso bonario. «La mia nuova aiutante! Iniziamo alle quattro del mattino. Finiamo alle undici.» Tornò al forno. «Può portare a casa qualche panino. Arrivederci.»

Il bassotto aprì gli occhi stanchi, guardò Sofie e inclinò leggermente la testa di lato. Sembrò soddisfatto di ciò che vide, perché richiuse gli occhi e si girò indolente su un fianco, la pancia accanto al forno.

Sofie decise di cercare su Internet quanti giorni di lavoro erano necessari per continuare a ricevere il sussidio dall'ufficio di collocamento. Di sicuro ne sarebbero bastati non più di tre.

«Allora quando inizio? Il primo del mese?»

«Domani» rispose il fornaio. «Domani è sempre il giorno migliore.»

2

Il lievito

Quando Sofie arrivò davanti alla palazzina in Beller Strasse, la vecchia Citroën celeste di Florian era ancora lì. Evitando di far rumore, salì di soppiatto i gradini che portavano all'appartamento e aprì la porta in silenzio. Suo marito aveva riappeso qualche foto di lei che ballava e alcuni disegni, persino di produzioni che non l'avevano coinvolta. Li girò tutti con delicatezza, non sopportando altra vista se non quella del retro.

Florian era seduto davanti al televisore, dove si vedevano alberi enormi dalla forma strana. Sofie si diresse in cucina in punta di piedi.

I primi esploratori europei hanno riferito che il baobab sembrava capovolto. I suoi grossi frutti rotondi ricordavano i panini, ragion per cui ebbe il nome colloquiale di "albero del pane".

Sofie si fermò. Per caso la vita le stava giocando un brutto tiro? Albero del *pane*?

I baobab possono raggiungere l'età di tremila anni. Ma negli ultimi tempi sono morti nove su tredici baobab fra i più antichi dell'Africa, tutti alberi con un nome. Sono spariti così, da un giorno all'altro, motivo per il quale la popolazione locale ha creduto che non fossero affatto morti ma che fossero stati abbattuti.

Venne mostrata una foto del prima e del dopo, a distanza di un solo giorno l'una dall'altra. In una si vedevano enormi alberi grigio-rosa con accanto arbusti più piccoli, nell'altra non c'era più nessuna traccia dei baobab.

Gli esploratori hanno poi svelato il mistero. Gli alberi marciscono all'interno, e resta intatto soltanto l'involucro più esterno. Dunque basta un forte temporale per spazzarli via, e a quel punto non resta niente.

Sofie impallidì. *Questa sono io*, pensò. *Tutti insistono a voler vedere in me il grande albero vigoroso che invece non esiste più da tempo. Il nucleo è sparito. Ne resta unicamente l'involucro.* Da adolescente aveva cominciato a dare un nome agli anni della sua vita. Speranza alla fase iniziale (l'anno del primo bacio), disillusione a quella centrale (l'anno dei dolori muscolari). A quella attuale non aveva ancora dato un nome. Sino ad allora, l'anno del baobab.

Le sfuggì un sospiro.

Florian si voltò.

«Ah, ciao.»

«No!» Sofie scosse la testa.

«No cosa?»

«Qualunque cosa tu voglia dirmi o qualunque cosa tu voglia spingermi a fare, risparmiami. Ti prego. Dammi tempo. Devo raccontarti una cosa.»

Lui la guardò a lungo, poi annuì, si alzò e andò da lei. Sofie arretrò istintivamente, quando lui l'abbracciò con tenerezza.

«Hai un odore diverso» disse Florian, quando smise di stringerla. «È un nuovo profumo?»

Sofie si annusò. Aveva ragione. Ma che cos'era? Si annusò la camicetta, alzò le mani, e subito capì. Le dita odoravano di arancia. Dopo aver impastato, aveva usato la saponetta costosa e profumata del panificio. Come faceva un fornaio a permettersi un lusso del genere? D'altro canto era soltanto uno dei tanti aspetti bizzarri di un uomo assai particolare nel suo genere.

«Ho un lavoro.»

«Tu hai… cosa? E perché non mi dici niente?»

«Te lo sto dicendo adesso. Ma non fa per me, ho

accettato soltanto per continuare a percepire l'intera indennità di disoccupazione.»

Florian si inumidì le labbra. «Vuoi un tè? Ho appena messo l'acqua a scaldare e preparato la tua miscela preferita, quella con lo zenzero. Vieni, sediamoci, ti va?»

Quell'atteggiamento esitante e cordiale rese Sofie maggiormente consapevole di quanto fossero distanti. «Non una parola su ieri, però.»

«No.» Florian le sorrise e alzò la mano come per giurare. «Promesso.»

Si sedettero al caldo sole del mattino che illuminava le sedie del tavolo della cucina.

«Fra tre giorni mi licenzio» annunciò lei, posando la tazza di tè dopo un piccolo sorso. «A quel punto avrò dato una dimostrazione più che sufficiente della mia buona volontà.»

«E dove lavori? È così imbarazzante?»

Sofie guardò fuori dalla finestra il campanile del villaggio con il gallo che si muoveva al vento. «Lavoro in un panificio. Come… fornaia.» Fece una risata amara. «Ridi pure. Insomma, stiamo parlando di pane, ti rendi conto? Proprio io che nemmeno lo mangio?»

Florian ridacchiò versandole dell'altro tè.

«E il fornaio è un tipo davvero strano, proprio come mi aveva detto una volta la signora Nittels dell'emporio.»

«E non è forse un complimento in un villaggio? Non siamo anche noi tipi strani?» Le prese dolcemente la mano.

«Ce ne sono di strani in senso buono e in senso cattivo.» Sofie la ritrasse.

«Una volta l'ho visto» disse Florian stringendo la tazza di tè. «Il primo giorno di prove, quando ho comprato una torta di mele per la compagnia. Allora, in via eccezionale, non ci ho trovato quella vecchia commessa arcigna. Credo che sia una strega.»

«E come ti è sembrato?» Lei portò di nuovo la tazza di tè alle labbra e sentì il meraviglioso odore di arancia sulle dita.

«Non ha detto molto. È parecchio robusto, non avrà certo difficoltà ad alzare pesi.»

Sofie non poté fare a meno di ridere sotto i baffi. «E quali pesi dovrebbe sollevare in un panificio? La strega?»

«*La strega e il fornaio*, potrebbe essere il titolo originale di un nuovo balletto.» Florian tentò di nuovo di prenderle la mano, ma prima che potesse toccarla, lei se la mise in grembo e guardò la tazza di tè.

«La danza qui non c'entra proprio niente. E non voglio assolutamente parlarne.»

Con un certo nervosismo, lui si passò una mano fra i capelli. «Ma perché mai dovresti fare un lavoro del genere? Perché invece non mostri la tua buona volontà all'ufficio di collocamento in una scuola di danza? Se non altro, lì avresti un futuro.»

«Continui a non capire!» Sofie posò con stizza la tazza facendola tintinnare.

«No, proprio non capisco.» Florian allontanò la tazza di tè. «Potresti dare lezioni, studiare coreografie, scrivere critiche o libri di danza. Tu sei una star del balletto! È quello il tuo mondo! La gente non aspetta altro che tu faccia qualcosa del genere.»

Sofie strinse gli occhi. «E sai chi proprio non se lo aspetta? *Io!*»

«No, tu preferisci scappare.»

Ciò che Florian non osò dire era che così stava scappando anche da lui. Aleggiava nell'aria una sorta di nebbia fitta e fredda che si percepiva a ogni respiro.

«Non dimenticare di pregare» disse lui in tono sarcastico per poi alzarsi.

«Cosa? Perché?»

«Dacci oggi il nostro pane quotidiano...» Giunse le mani sul petto come un monaco e uscì dalla stanza scuotendo il capo. Mentre Sofie lo seguiva con lo sguardo, pensò che il lavoro al panificio aveva, se non altro, un lato positivo: andare a letto presto. Così si sarebbe risparmiata tutte le discussioni sul perché anche quella notte non avrebbero fatto l'amore. Che cos'era successo all'uomo di cui un tempo si era innamorata? Quell'uomo silenzioso dai capelli scuri spuntato all'improvviso alle prove della sua prima compagnia soltanto per guardare? Nessuno glielo aveva presentato, e lui non aveva mai detto niente. Si era limitato a guardare e a disegnare. Quasi aveva sentito il tocco dei suoi pastelli come una morbida carezza sulla pelle. Un giorno era andata da lui e gli aveva chiesto di poter vedere i suoi schizzi. Florian le aveva mostrato i suoi taccuini, tre dei quali pieni di disegni meravigliosi su ogni pagina.

E ritraevano tutti Sofie.

Le era piaciuto che avesse qualche anno più di lei, giusto cinque, e che fosse un tipo riflessivo. Un pensatore che leggeva assorto i suoi libri e amava i documentari sulla natura perché gli aprivano la porta su altri mondi. Uno che non doveva viaggiare di continuo ma con cui si poteva costruire una famiglia. Uno che d'inverno preparava il tè caldo e le massaggiava i piedi, che d'estate lasciava entrare aria fresca in casa e si assicurava che ci fossero sempre abbastanza cubetti di ghiaccio. Allora Sofie aveva capito subito di aver trovato l'anima gemella. Con quell'amore, per lei era cambiato tutto. *Datemi un punto di appoggio e solleverò il mondo*, aveva detto Archimede. Florian era il punto di appoggio di cui Sofie aveva bisogno. Negli anni seguenti con lui aveva di fatto sollevato il mondo. Su di lui poteva sempre contare, trovando supporto, vicinanza, consiglio.

Ma quando arrivò il licenziamento dalla compagnia, lui le suggerì di non opporsi e di accettarlo tacitamente iniziando una nuova vita. Il rischio di un infortunio ancora più grave era semplicemente troppo grande, congedarsi era nel suo stesso interesse. Come se non lo sapesse già da sola quale fosse il suo interesse, come se fosse una bambina cocciuta incapace di tenere le mani alla larga dai fornelli accesi.

Alla fine Sofie aveva seguito il suo consiglio.

Tuttavia quel consiglio si era rivelato sbagliato. Avrebbe dovuto lottare e tornare a danzare ai massimi livelli per un altro anno ancora, magari anche due. Sarebbe stata una strada molto più dura ma sicuramente più felice.

Ma ormai il suo contratto era stato rescisso, e nessun'altra compagnia avrebbe rischiato di fargliene uno nuovo.

Di notte, quando i confini della realtà si facevano labili e i brutti pensieri allungavano i loro tentacoli, le era persino capitato di sospettare che Florian le avesse consigliato di non opporsi con tutte le sue forze al licenziamento perché un tale conflitto lo avrebbe fatto cadere in disgrazia, dal momento che non gli avrebbero più affidato coreografie alla sala da concerto.

Florian non era più il suo punto di appoggio.

* * *

«Vado a fare un giro con Motto» gridò Giacomo a Elsa, che stava contando l'incasso del giorno per andare poi a depositarlo in banca. Una volta le aveva regalato quel cane pensando che un cucciolo l'avrebbe ammorbidita. Ma nemmeno un bassotto così carino, con gli occhioni dolci e le simpatiche orecchie pendenti, sarebbe riuscito nell'impresa. Quando Elsa si rifiutò di dare un nome alla cagnolina, lo fece lui al suo posto. Motto era in realtà il diminutivo di Bergamotto, divenuto ben presto troppo lungo per Giacomo.

«Come se non lo sapessi» gli rispose Elsa dal negozio. «Non penserai che sia già rimbambita, vero? Esci tutti i giorni con quella cagnaccia pigra da far schifo.»

Giacomo guardò la cagnolina che lo fissava con le orecchie sollevate e scodinzolava allegra. «Motto non è pigra, è soltanto vecchia. E comunque ti è molto affezionata.»

«Sciocchezze!»

Lui sapeva che Elsa ricambiava l'affetto di Motto. In un modo tutto suo. Ma sapeva anche che era dell'avviso che certe cose non andassero dette. Erano questioni private, i sentimenti. Riguardavano solamente lei. Non erano affari di nessuno. Ed Elsa non voleva legami con nessuno.

«Oggi non ci metterò molto.»

«Non mi interessa. Ho ancora parecchio da fare qui. Non c'è nessuno che venga a pulire al posto mio. Mancano i soldi, no? O magari è cambiato qualcosa nel frattempo?»

«No.»

«Però per una fornaia inesperta, i soldi si trovano eccome! Per alleggerire invece la povera Elsa no, non sia mai!»

Sebbene lei non lo stesse guardando, Giacomo alzò un istante la mano per salutarla, poi uscì sulla Alter-Acker-Strasse.

Motto alzò lo sguardo su di lui e lo seguì non appena Giacomo iniziò a camminare. Il vecchio bassotto non tirava mai il guinzaglio, mero accessorio alla moda privo ormai della sua funzione originaria. Motto non aveva alcuna intenzione di correre via. Nemmeno se le fosse spuntato davanti un coniglio dal giardino di una casa lo avrebbe degnato di uno sguardo. La caccia si addiceva ai cani giovani; a una certa età, finalmente, si poteva andare a spasso con calma.

Dapprima Giacomo andò al piccolo emporio della

famiglia Nittels, proprio accanto al forno. Comprò qualche frutto tropicale e venne informato sulla gente del villaggio (alla signora Nittels piaceva infatti raccontare gli ultimi pettegolezzi con tanto di dettagli). Proseguì poi il suo giro passando davanti all'Ochsen, dove molti si fermavano a bere una birra al volo dopo il lavoro.

Lui si fece dare soltanto dell'acqua per Motto, che il cane lappò all'istante (pur non avendo sete, Motto non disdegnava mai l'acqua fresca gentilmente offerta, sarebbe stato scortese da parte sua). Giacomo scambiò qualche parola con i presenti, ma giusto con pochi di loro. Al villaggio era noto per il suo carattere taciturno, e in generale lo accettavano così com'era. La maggior parte degli avventori dell'Ochsen preferiva in ogni caso parlare con una birra davanti. Nessuno alzò lo sguardo quando lui si congedò con fare gentile.

Passò accanto alle tre aziende di floricoltura e ai rispettivi negozi di fiori (al momento i tulipani e le stelle di Betlemme sembravano andare a ruba) e guardò (senza riuscire però a scorgerli) i barbagianni sul campanile della chiesa ai quali si sentiva particolarmente legato perché anche loro erano animali notturni.

Durante la passeggiata diurna incontrava anche alcuni clienti abituali. Il signor Thomassen quel giorno stava di nuovo lavorando in giardino e voleva che tutto il vicinato se ne accorgesse, motivo per cui imprecava a voce alta contro talpe, lumache ed erbacce spontanee. Dal giovane signor Triwoll le tapparelle erano ancora abbassate, segno che aveva qualche signora in visita.

«Vieni,» disse Giacomo a Motto «andiamo anche dalla signora Grünberg. E comportati bene!»

Motto non replicò. Anche volendo, non avrebbe saputo come comportarsi male.

Per andare dalla signora Grünberg dovettero passare dal fatiscente edificio che svettava in cielo con le sue travature a traliccio e che era abitato dalla più pericolosa banda di gatti del villaggio. Emmett e Marty, due gatti che davano la caccia ai cani, ma soltanto quelli al guinzaglio. Motto si strinse alle gambe di Giacomo. Erano passate ormai diverse settimane da quando, passando di lì, uno dei due gatti, quello nero, era saltato fuori da un cespuglio e aveva aggredito il piccolo bassotto.

La signora Grünberg, che da giorni non gradiva più il pane di Giacomo, abitava presso i campi sportivi dove si stava allenando la squadra di calcio giovanile. Se vinceva, ci si concedeva il lusso di elogiarla e di andarne fieri. Erano pur sempre i giovani del villaggio. Se perdevano, come capitava il più delle volte, allora si trattava di gioventù viziata e fannullona.

La villetta a schiera in mattoncini rossi aveva una cassetta delle lettere color rame, su cui campeggiava l'adesivo *Niente pubblicità*, e un piccolo ricovero per due bici. Era uno di quei giorni d'aprile in cui si capiva come sarebbe stata l'estate. Il sole era prodigo di calore, e c'erano buone probabilità che la donna fosse fuori. Negli altri giardini di quella zona del villaggio, realizzata soltanto nell'ultimo decennio, c'erano trampolini, altalene, scivoli e sabbiere, in quello della signora Grünberg e di suo marito si trovavano invece un prato e un capanno da giardino una volta di legno chiaro ma ormai ingrigito.

In effetti la donna era in giardino, seduta al sole su una sedia a sdraio con lo schienale sollevato, lo sguardo dritto davanti a sé. Con grande sorpresa di Giacomo indossava un tailleur pantalone nero a righe e scarpe di vernice con i tacchi. Non si era ancora cambiata dopo il lavoro.

Si fermò a guardarla, riparato dall'alloro del vicino.

«Non abbaiare» sussurrò a Motto. L'ultima volta, che aveva abbaiato per sbaglio era stato otto anni prima.

Sapeva così poco di quella signora che si stava godendo a occhi chiusi il calore della giornata. Non sapeva che lavorava in città come traduttrice e che il suo sogno era sempre stato quello di tradurre grandi romanzi, ma che aveva cominciato la sua carriera traducendo contratti. Per sua sfortuna era stata brava, e per una sfortuna ancora più grande quel lavoro le veniva pagato meglio. E così erano diventati sempre più i documenti e sempre meno i romanzi, sin quando non si fece un nome per la prima occupazione e lo perse del tutto per l'altra.

Ma in quel momento la signora Grünberg non stava pensando ai testi che doveva tradurre. In realtà stava cercando di non pensare, che era sempre uno dei compiti più difficili.

A un certo punto Giacomo capì cosa c'era che non andava.

C'era soltanto una sedia a sdraio. Non ce n'erano altre in giardino. Nemmeno una piegata nell'angolo. Magari era riposta nel capanno degli attrezzi.

Dov'era il marito della signora Grünberg? L'aveva lasciata? Oppure era stata lei a buttarlo fuori di casa?

Giacomo non si sarebbe stupito né dell'una né dell'altra ipotesi, perché riteneva che il marito della donna – lo aveva incontrato qualche volta all'Ochsen – fosse un idiota. Il signor Grünberg si considerava un supereroe, non appena usciva dalla sua villetta. E chi pensava certe cose di sé, a casa, prima o poi non ci sarebbe più tornato.

Al ritorno Giacomo cantò a bassa voce una canzone del 1970 composta dal grande Domenico Modugno. «*Se a soffrire è solo un cuore / Quel soffrire si fa dolore.*»

Avrebbe dovuto cambiare la storia della signora Grünberg, affinché ricominciasse a gradire il suo pane.

* * *

Quando l'indomani mattina Giacomo entrò nel panificio poco dopo le quattro, per prima cosa salutò di nuovo il suo forno (poiché era importante che quello si sentisse amato in modo speciale) e poi si rivolse alle tre foto in bianco e nero appese alla parete, ripulendole dalla farina che vi si era depositata sopra. «Buongiorno, signor Modugno» disse al grande cantante, quando i loro sguardi si incontrarono. Domenico Modugno era il modello a cui Giacomo si ispirava sin da quando andava all'asilo. Un italiano del Sud che era arrivato molto in alto, sul tetto del mondo. Uno che da apprendista gommista, aveva poi cantato al Festival di Sanremo indossando uno smoking bianco e aveva rappresentato l'Italia al Gran Premio Eurovisione della Canzone. Se era stata possibile una cosa del genere, allora tutto poteva accadere. Anche per lui, aveva pensato Giacomo da bambino, quando tutti lo chiamavano ancora Gigi.

Il più grande successo di Modugno era *Nel blu dipinto di blu*. Ma quella canzone era diventata famosa con il titolo *Volare*.

«Ciao, Rino» disse salutando Gennaro Gattuso con indosso la maglia della nazionale di calcio italiana. Lo scaltro Rino aveva imparato a giocare a calcio da bambino sulla spiaggia di Schiavonea, proprio come Giacomo.

Alla nonna si rivolgeva sempre in italiano con le stesse parole: «Nonna, è un piacere vederti». La foto la ritraeva con il vestito buono della domenica al matrimonio della cugina. Ricordava sempre a Giacomo ciò che si era lasciato alle spalle. E chi. I suoi genitori erano semplici contadini. Non avevano preteso molto dalla vita, bastando a sé stessi. Avevano avuto figli più per tradizione che per amore. Ecco perché si erano occupati di entrambi i figli maschi come si accudiscono le piante che crescono in giardino. Li avevano annaffiati e avevano rastrellato la terra che li circondava, ma vivendo in tutt'altro mondo. Giacomo e suo fratello Elio, più grande di lui di tre anni, erano rimasti sempre estranei ai genitori. La nonna aveva dato loro calore e affetto, soprattutto alla piccola peste chiamata Gigi. Elio aveva presto scelto la via della 'Ndrangheta, o forse era stata quella a scegliere lui. Aveva ripetutamente spronato Giacomo a seguirne le orme, perché un fratello, sangue dello stesso sangue, era prezioso per l'organizzazione. All'inizio Giacomo aveva ceduto alle sue pressioni, collaborando in qualche piccola truffa, ed era stato persino eccitante, oltre che redditizio. Ma poi sarebbe dovuto passare alla violenza, e proprio non ce l'aveva fatta. Aveva provato con il calcio, ma non prendeva poi così tante palle quante ne avrebbe dovute parare un portiere. Come altri giovani della sua età decise quindi di cercare fortuna in un Paese del Nord, dove avrebbe avuto a che fare con gente più fredda e più rigida, ma dove c'era anche abbastanza lavoro e denaro per tutti.

Certo, si era immaginato una vita un po' diversa, ma la sua strada lo aveva portato in quel panificio.

E proprio in quell'istante entrò Sofie, assonnatissima.

«È capace di non fare *niente*?» le domandò senza mezzi termini.

Sofie sollevò a malapena lo sguardo. «Tutti sono capaci di non fare niente.» Sbadigliò coprendosi la bocca con entrambe le mani.

Lui scosse il capo. «Non fare niente è un'arte! Essendoci sempre così tanto da fare, pensano in molti, sarebbe un crimine non fare niente. Ma a volte non fare niente è la cosa migliore che si possa fare.»

A Sofie Giacomo sembrò disgustosamente sveglio.

Non aveva bisogno di avviare lentamente il motore, funzionava già a pieno regime sin da quando era arrivata nel panificio.

«Perché dice così?»

«Perché oggi non dovrà fare niente!» Le indicò un vecchio sgabello accanto alla porta, che non c'era l'ultima volta che era entrata nel laboratorio. «Si sieda! Lì!» La afferrò per le spalle e la spinse a fatica sullo sgabello.

«Lei non sta mai ferma» disse Giacomo. «Si mette in punta di piedi. Stende un braccio. Allunga il collo. Mai ferma. Come un albero sul quale c'è sempre movimento.»

Sofie non si era accorta della reazione del proprio corpo. Non aveva ancora realizzato che con la danza era finita per sempre.

«E dovrei semplicemente starmene qui seduta?»

«Deve soltanto guardare. Osservare.» Giacomo indicò i propri occhi. «Come un astore, l'uccello rapace. Oggi sarà un astore. Domani un orsetto lavatore.» Ridacchiò soddisfatto.

«Cosa significa...?»

«*Sssh!* Non deve fare niente.» Si portò un dito alle labbra. «Nemmeno parlare. Soltanto guardare. Essere tutt'occhi. Niente bocca. La testa odia non fare niente, vuole sempre pensare. Ma ora si tratta soltanto di guardare. E anche di pensare, almeno un po'.» Definì quel poco con il pollice e l'indice. «Un pizzico di pensiero è ammesso.»

E si era alzata nel cuore della notte per quello?

Dopo aver spento la sveglia, era calato di nuovo il silenzio nella stanza buia che la circondava. Nessun rumore delle auto di passaggio, nessun campanello di biciclette in movimento, niente passi di pedoni. Soltanto il respiro di Florian, quasi un elemento di disturbo in quella pace così perfetta. Sofie aveva preferito riaffondare la testa nel morbido calore del cuscino, nel sonno vellutato.

Giacomo la scosse bruscamente per la spalla. «Non deve dormire! Deve guardare!»

Doveva essersi assopita per un bel po', perché con la coda dell'occhio vide la cagnolina che dormiva. Notò che aveva della farina sul pelo, cosa che non sembrava disturbarla affatto. In quel panificio persino il cane era strano. Non doveva più guardarla così a lungo. Il sonno era contagioso. Soprattutto quando era una vera e propria goduria, come nel caso del bassotto. Mosse di scatto le zampe come se fosse a caccia su un prato, ed emise una specie di gridolino, un'eco del suo abbaiare nel sogno. Sembrava così serena, così beata…

Sofie aprì gli occhi. Il forno era pieno di pane. Dal negozio risuonavano le voci timorose dei clienti che volevano evitare di mandare in collera la vecchia commessa con qualche commento ingenuo. E dai vetri delle finestre il sole penetrava con raggi vigorosi in cui la farina vorticava come polvere di stelle luccicante.

Giacomo la guardò con un sospiro. «Questo non è non fare niente. Questo è dormire. Dovrà esercitarsi a casa oggi pomeriggio! Altrimenti non concluderà mai niente!»

Sofie si alzò e iniziò a stirarsi, le faceva male la schiena per la posizione scomoda in cui si era addormentata, seduta sullo sgabello traballante e appoggiata al muro. Andò dal bassotto per accarezzarlo. Il cane la guardò spaventato quando lo toccò, e subito corse via quatto quatto in negozio.

«Motto è timida. Le piacciono i fornai, ma non gli esseri umani in generale. Non appena avrà imparato a impastare il pane, si farà grattare.»

Irritata, Sofie seguì con lo sguardo il bassotto. Quando si rigirò, il fornaio le mise in mano un secchio con un panno per pulire.

«Non devo farci niente?»

«Non sa farlo ancora abbastanza bene. Vorrà dire che si metterà a pulire. Pulendo imparerà tutto alla perfezione. È così anche in casa. Soltanto chi la pulisce la conosce davvero.»

Tre giorni, pensò Sofie, *e poi me ne vado. Dopo non rimetterò mai più piede in questo manicomio.*

* * *

Per la maggior parte della gente il trambusto di Münsterplatz era un trambusto frenetico, per Florian assomigliava invece a un'affascinante coreografia. Era seduto al tavolo sgangherato di un bistrot con un espresso fumante davanti. Dal piattino decorato con motivi floreali prese il biscotto al burro avvolto nella carta stagnola e lo fece roteare tra le dita, sovrappensiero.

Era seduto lì per un solo motivo, perché Sofie sentisse la sua mancanza una volta tornata a casa. Tuttavia quel piano sortì come primo effetto che fosse lui a sentirne la mancanza. Più Sofie lo allontanava, più si sentiva legato a lei. Il suo amore per la moglie in quel momento era come una trappola cinese. Il che significava anche che gli faceva sempre più male.

Era cominciato tutto così bene, persino più che bene, alla grande. Al settimo semestre dei suoi studi universitari (germanistica, storia, scienze dello spettacolo e produzione multimediale) era stato a una rappresentazione della scuola di ballo Rosenbach in cui lavorava Sofie. Si innamorò perdutamente del balletto e della ballerina bruna. Sofie aveva pensato sino ad allora che fosse stata la danza ad accendere la scintilla, e Florian aveva lasciato che si cullasse in quell'illusione perché era il più grande complimento per una ballerina. Inoltre il suo modo di danzare lo aveva davvero affascinato, ma i sentimenti che provava per lei scaturivano dagli occhi color marrone scuro di Sofie.

Quella sera stessa aveva abbandonato l'università per intraprendere il duro cammino di coreografo da libero professionista. La vita, d'altro canto, non gli aveva concesso di diventare ballerino. Da quando all'età di dodici anni aveva avuto un incidente mentre faceva trekking sulle Alpi, Florian aveva un ginocchio compromesso, e zoppicava leggermente con la gamba destra. Con un'operazione avrebbe rischiato soltanto di peggiorare la situazione. Ma lui si muoveva comunque con eleganza, in modo ritmico. Pensava per movimenti e aveva il dono di trasmetterli agli altri. Sofie si era fatta guidare da lui in molti dei suoi spettacoli. Aveva sempre intuito che cosa volesse esprimere quando la metteva delicatamente nelle pose che aveva in mente.

Tutto ciò gli mancava così tanto.

Prese il cellulare per chiamare Sofie e chiederle del suo primo giorno di lavoro, per incoraggiarla. Cosa che avrebbe dovuto fare in qualità di marito. No?

«Florian? E tu cosa ci fai qui?»

Posò il telefono e alzò lo sguardo. Davanti a lui c'era Marie, la vicina del primo piano. «Mi godo il sole di aprile prima che decida di trasformarsi in novembre piovoso.»

Lei si mise scherzosamente i pugni sui fianchi. «Sei seduto al mio tavolo! Come quando andavamo a scuola, anche allora durante la ricreazione ti sedevi sempre in modo sfacciato al banco di qualcun altro.» Non era il tavolo di Marie, ma con quella scusa gli si sedette accanto. Aveva visto Florian già da lontano e non le era sfuggito il suo sguardo perso nel vuoto.

«Va tutto bene? Sembri un po' abbattuto.»

La donna sperò di non essere stata troppo diretta. Ogni tanto parlava con lui e Sofie, quando si incontravano per caso sulle scale o in lavanderia, e qualche volta d'estate aveva anche bevuto un aperitivo sul loro balcone, ma si era sempre trattato di incontri superficiali e disimpegnati. Forse anche per proteggersi, perché Florian era stato il suo primo amore, cosa che non gli aveva mai confessato. Procurare loro un appartamento nel suo stesso palazzo era sembrata a Marie un'idea brillante, ma si era presto trasformata in un boomerang per i suoi sentimenti. Era invidiosa della loro felicità, erano una bella coppia. Anche Marie avrebbe desiderato essere così felice. Come maestra incontrava soprattutto giovani padri felici delle loro nuove famiglie. Le sue possibilità di conoscere qualcuno al lavoro erano di conseguenza assai scarse. E tuttavia il piccolo Aaron sembrava esserne un po' innamorato. Magari perché era l'unica maestra a leggergli sempre il suo libro preferito con storie di dinosauri in lotta contro i vichinghi. Restava per lei un mistero come quel volume fosse approdato nella piccola biblioteca dell'asilo.

Ma ciononostante c'erano stati uomini, tre in tutto, che avevano fatto sul serio con lei. La sfortuna di Marie era essersi sempre innamorata di uomini che amavano più sé stessi di chiunque altro. All'inizio di ogni nuova relazione si convinceva che quel fidanzato fosse diverso da tutti quelli che lo avevano preceduto, sin quando saltava fuori che era invece esattamente come tutti gli altri.

Florian le sorrise. A Marie piaceva molto il suo sorriso, le ricordava per certi versi un picnic in pieno relax al parco. «Pensavo di non dare a vedere come mi sento dentro.» Con un sospiro si infilò il cellulare nella tasca dei pantaloni.

«Meglio così! Non mi piacciono le persone che non

si sa mai cosa pensano e come si sentono. E in fin dei conti tu sei un coreografo, non un attore.» Quando arrivò il cameriere, lei ordinò quello che aveva preso Florian.

«Sono soltanto un po' di malumore» disse lui, poi bevve un sorso del suo espresso amaro ormai freddo. «Capita in tutte le relazioni.»

Marie si aggiustò la camicetta sulle spalle. «L'ho letto, insomma, so cosa è successo alla sala da concerto.»

Florian spostò di lato l'espresso e si sporse in avanti. «Forse puoi aiutarmi, dopotutto hai studiato pedagogia.»

«Sì, ma per i bambini dell'asilo.» Di nuovo quel sorriso accattivante. «Tuttavia, credo che vada benissimo. Non si può certo dire che ultimamente Sofie si stia comportando da adulta.»

Marie sapeva ascoltare magnificamente. La capacità di ascolto era uno dei requisiti essenziali per poter fare la maestra. Quando una bambina di quattro anni le confidava la decisione di diventare una principessa astronauta mostrandole un disegno pieno di scarabocchi volti a illustrare il lavoro dei suoi sogni, lei doveva ascoltare affascinata. Stessa cosa quando una coppia di genitori le parlava del presunto talento artistico del figlio di cinque anni che con il contenuto delle mutande aveva imbrattato tutte le pareti del bagno. Ascoltava e sorrideva supportandoli con la propria empatia.

Ascoltare Florian per lei era un gioco da ragazzi, perché era davvero interessata anche ai minimi dettagli di ciò che aveva da raccontare. Marie annuì ripetutamente e infine gli prese la mano.

«Questo è un periodo molto difficile per Sofie!»

«Certo. Ma io cosa posso fare? Intendo dire, per sostenerla?»

«Innanzitutto, trovo fantastico che ti scervelli tanto su come aiutarla.»

«E perché io, invece, non mi sento per niente fantastico?» domandò Florian girando il manico della tazzina.

Marie gli strinse la mano. «Vedrai che insieme ce la farete!»

Lui sorrise di nuovo, stavolta, però, in modo forzato. «Credo sia ora di andare» disse, infilando una banconota sotto il piattino. «Offro io.»

«Grazie, molto gentile da parte tua. Vedrò di trovare qualcosa nella letteratura specializzata che faccia al caso di Sofie, dopo di che potremmo incontrarci e parlarne, che ne dici?»

«Mi sembra un'ottima idea. Ma non dirle niente, okay? Credo che non gradirebbe, se scoprisse che parlo in giro di certe cose.»

«Certo, terrò la bocca chiusa. Ho forse raccontato che ieri il piccolo Aaron mi ha fatto una proposta di matrimonio di nascosto, con tanto di anello di fidanzamento realizzato con la gomma da masticare alla frutta? Ops!» Ridacchiando si portò la mano alle labbra.

Florian le accarezzò il braccio. «Mi ha fatto bene parlare con te.»

Anche a me, pensò Marie. «Ne sono felice.»

* * *

Quella sera, poco dopo le otto, a Sofie si chiusero gli occhi.

Per quel motivo l'indomani mattina preferì non fare niente.

Giacomo dovette scrollarla ben due volte. E in entrambi i casi non si era addormentata ma si era persa nei movimenti ritmico-meditativi della grande impastatrice che agganciava l'impasto come con due braccia e lo sollevava.

Avendo pulito il giorno prima, ormai sapeva dove trovare le cose, e il panificio le risultava già meno estraneo. Persino Motto la degnava di uno sguardo girando il corpicino inerte da una posizione apparentemente piacevolissima a una ancora più gradevole.

Nel suo far niente Sofie notò per la prima volta come Giacomo, quasi scolpito da un blocco grezzo di granito, si muovesse con eleganza mentre impastava. Nello slancio con cui modellava ogni panino era come se desse a un alunno una pacca benevola per entrare nel mondo. E pur essendo il laboratorio una stanza stretta, non correva mai il rischio di inciampare, scivolava anzi sul pavimento come sui binari. Così facendo alternava i tempi, prima Adagio, poi Andante e di tanto in tanto persino Vivacissimo.

Sofie non se ne accorse, ma i suoi piedi lo accompagnavano delicatamente, così come le zampe del bassotto quando sognava. Seguì Giacomo in ogni suo movimento.

Fu un errore.

Soltanto un dolore leggerissimo, più un ricordo, in realtà.

Proprio in quel punto.

Come tre mesi prima.

Era successo in *Coppélia*, un balletto in cui aveva sempre desiderato esibirsi, nella seconda scena del secondo atto durante la *Danza delle ore* e *L'aurora*.

I dolori e gli infortuni facevano parte della vita di una ballerina. Non se ne parlava neanche, andavano sopportati e basta. Soprattutto i piedi ne risentivano di continuo: storte, tendine d'Achille infiammato o rotto, vesciche sui talloni, fratture da stress, dito del piede a martello, tallone della ballerina, neuromi, metatarsalgie. Tutto ciò non era l'eccezione bensì la regola.

Quando Sofie atterrò dopo uno strepitoso *grand jeté*, ecco quel dolore come un'esplosione, forte e intensa. Si propagò in tutto il corpo, simile a una scarica elettrica.

Niente fu più come prima.

La radiografia aveva messo in evidenza la cosiddetta frattura della ballerina.

Il giorno dopo, puntuale come un orologio svizzero, era arrivato il licenziamento. Le avevano detto di firmare, altrimenti non avrebbero potuto prendere Irina. Le chiedevano di farlo per la compagnia, se davvero gliene importava qualcosa. Ovviamente Sofie sarebbe rimasta parte integrante della famiglia, avevano aggiunto, nessuna l'avrebbe uguagliata, mai e poi mai, i suoi più grandi successi sarebbero rimasti scolpiti nella memoria e nel cuore del pubblico.

Tutto era accaduto così dannatamente in fretta. Si guardò il piede che aveva subìto l'infortunio. La punta della sneaker era infarinata. Sembrava quasi una scarpetta da ballo.

Giacomo spuntò davanti a Sofie e, come aveva già fatto a più riprese quel giorno, le porse un panino, quasi fosse un tesoro. Con sua grande sorpresa, lui le raccontava sempre piccole perle di saggezza invece di trasmetterle nozioni da mastro fornaio.

Il panino era molto caldo, per poco non si scottò.

«Assaggi!»

«Ma non ho più fame.»

«Non è per saziarsi. È per imparare.»

Sofie lo spezzò riluttante.

«All'esterno c'è la crosta» disse Giacomo. «E dentro c'è la mollica. È fatto come le persone. Dure fuori e morbide dentro.»

«Non tutte sono così.»

«Sì. Tutte quante. Cambia soltanto lo spessore della crosta. E più spessa è la crosta più la persona è sgradevole. Ma in ognuno di noi c'è un po' di mollica. Adesso, però, assaggi.»

Non appena il pane le sfiorò la lingua, Sofie si accorse del sapore diverso rispetto ai panini precedenti. Non sapeva dire se Giacomo avesse messo più sale nell'impasto o se avesse usato un'altra farina, ma era semplicemente delizioso.

«Cosa c'è di diverso?»

«È buono? Sì?»

«Sì, è decisamente più buono degli altri.»

Giacomo sorrise soddisfatto. «Fantastico!»

«È un altro impasto, vero?»

«No, è lo stesso impasto di prima. Se farà la fornaia, capirà tutto.»

Sofie indicò un vasetto di terracotta sullo scaffale. «Dipende da cosa c'era lì dentro? Questa mattina ha preso qualcosa da lì e lo ha aggiunto all'impasto. Sembrava un grumo friabile.»

«Sta migliorando, non facendo nulla.» L'uomo prese il vasetto. «È l'impasto di ieri. Si inizia sempre con quello. L'impasto di ieri diventa quello di oggi. Soltanto dal vecchio può uscir fuori qualcosa di nuovo e di buono.»

Giacomo aveva letto di lei sul giornale?

Quella frase era forse un'allusione al suo sedicente nuovo lavoro?

«Dunque lei sa chi sono?» domandò Sofie.

Lui la guardò sorpreso. «Spero che sia la mia nuova fornaia.»

«Mi riferivo a cosa facevo prima.»

«Non ha importanza. Lei è ciò che è adesso. Sta lì tutto il suo passato.» Giacomo andò al forno e si chinò per grattare le orecchie calde al bassotto, gesto che il cane gradì molto. «Adesso si giri, e guardi avanti!»

Sofie capì soltanto allora che il suo posto sullo sgabello era una pura scelta strategica da parte del fornaio. Le fu sufficiente sporgersi un po' in avanti per riuscire a vedere dal lungo corridoio sin dentro al negozio.

«Clienti» disse Giacomo.

Tornò al lavoro.

Entrò in negozio un uomo alto, più pioppo che quercia, con un doppiopetto color antracite perfettamente aderente.

«È il signor Mendig» disse Giacomo, sebbene non vedesse niente dal grande piano di lavoro sul quale modellava sempre due panini in parallelo. «Una baguette. Ma poco cotta.»

Sofie fissò l'uomo, che in quel momento si rivolse a Elsa.

«Una baguette, ma poco cotta.»

La commessa prese la baguette a sinistra e gliela porse. «Sai che novità» rispose prendendo i soldi già contati e distribuendoli velocemente nella cassa, come se corresse il rischio che il signor Mendig cambiasse idea e pretendesse di riavere indietro il denaro.

«La signora Barbonus» continuò Giacomo. «Tenda l'orecchio!»

Entrò a quel punto una giovane signora graziosa con un vestito pallido che ben si addiceva alla carnagione quasi diafana. La melodia che uscì dalla sua bocca fu come il suono di un violino.

«Un panino. Semplice» disse Giacomo come se stesse sottotitolando l'intera scena.

«Ecco il suo panino» replicò Elsa porgendolo alla cliente. L'aveva già posato accanto alla cassa in un sacchetto di carta.

«Si occupa del servizio clienti. Lavora al telefono. Ciò significa che parlare per lei è normale.»

La porta si aprì di nuovo, accompagnata dal suono della campanella.

«Oh» sfuggì detto a Giacomo, divertito. «È stata un'altra bella giornata per il giovane signor Triwoll.»

Entrò un uomo che indossava una felpa, i jeans a vita bassa con la cintura, le sneaker con le stringhe slacciate. «Due croissants» disse con un risolino.

«Ha visite» commentò Giacomo. «Soltanto in tal caso prende qualcosa la mattina. Il più delle volte la signora si ferma una sola notte. Il che non lascia presumere nulla di buono sulle doti di amante del signor Triwoll.»

«Conosce tutti i suoi clienti?»

«Quasi.»

Il fornaio conosceva anche un certo Karl Messmer di ottantun anni, che dopo un ictus si era convinto di essere un duca, e più precisamente il duca a cui appartenevano il villaggio e le terre circostanti, e che quando ordinava il pane non mancava mai di sottolineare che aveva dato il giorno libero alla servitù. In realtà viveva in una casa minuscola sulla Ortsausgangsstrasse. Poi c'era Ümit Wader, l'organista della chiesa, che ne dirigeva anche il coro e che di riflesso, senza accorgersene, suonava sempre qualche pezzo con la punta delle dita. E Heribert Michels, il portiere degli anziani, che pensava di essere un grande calciatore, pur stando tra i pali soltanto perché, per via del suo peso, non ce la faceva a correre nemmeno dieci metri e aveva il destro di una bambina. E infine Greta, che comprava sempre pane di farro integrale per la famiglia, mangiandosi ogni volta con gli occhi i dolciumi per i quali non aveva mai abbastanza soldi.

«Allora sa anche che io non ero mai venuta qui?» disse Sofie, sentendo una fitta allo stomaco e una forte rabbia.

«Ho visto qualche volta suo marito, lei mai. E non ha mai comprato niente per lei.»

Sofie si alzò di scatto e prese dal gancio la giacca per la mezza stagione con cui aveva sempre o troppo freddo o troppo caldo.

«Allora sa che non mangio pane.»

Giacomo annuì. «E mi dispiace molto per lei.»

«E allora perché mi ha assunta? Cos'è, uno scherzo di cattivo gusto a mie spese?» Nella foga del momento le rimase impigliata la cerniera, tanto l'aveva tirata su in fretta. «Vuole vedermi fallire?»

«No, voglio vederla fare il pane!» Al fornaio brillavano gli occhi. «Non c'è niente che desideri di più!»

«Come può fare il pane qualcuno che non lo mangia? E lei lo sapeva sin dall'inizio!»

«Può stampare libri qualcuno che non li legge? Può costruire pianoforti qualcuno che non li suona?» Giacomo si avvicinò a Sofie e fece per prenderle le mani, ma lei le aveva già infilate nelle tasche della giacca. «La vera domanda è: perché l'altro ieri è venuta da me? E perché poi è tornata? Anche lei ha sempre saputo di non saper fare il pane. Magari è proprio questo il motivo che l'ha attirata qui?»

No, pensò Sofie. *Questo è il motivo per cui oggi sarà il mio ultimo giorno di lavoro.*

3

La lenta lievitazione

Sofie aprì gli occhi senza il suono snervante della sveglia. Di solito si alzava immediatamente.

Ma stavolta scelse di non fare niente.

Non si riusciva più a smettere, una volta iniziato. Non facendo niente, pensò, si dava tempo al mondo di farsi raggiungere senza spaventarlo troppo con movimenti bruschi. Il mondo era più timido di quanto si credesse.

Sofie guardò la finestra. Dalle fessure della tapparella non completamente chiusa entrava un po' di luce gialla del lampione giù in strada. Non poté fare a meno di pensare al panificio luminoso dove ora il villaggio si stava svegliando. Giacomo Botura impastava senza fretta ma con grande concentrazione, modellando pane e panini esattamente della misura voluta, senza bisogno di pesare niente. Le sue mani erano bilance perfette.

Era la sua vita, ma non quella di Sofie.

Non appena ebbe preso coscienza di quel pensiero, ecco rispuntare la domanda che la tormentava da mesi: qual era la sua vita?

Sofie non si accorse del tempo che scorreva. Rimase semplicemente sdraiata nel letto a fissare davanti a sé. I primi raggi del sole illuminarono i punti vuoti sulla parete della camera dove prima erano appese le foto di lei che ballava. Se le ricordava perfettamente una a una.

Le vibrò il cellulare.

Era Giacomo?

Dette un rapido sguardo al display.

No, Franziska.

Sofie uscì in silenzio dalla camera da letto per non svegliare Florian. In cucina prese la chiamata. «Buongiorno, sorellina.»

«Mi dispiace disturbarti così presto, ma Anouk ha un po' di raffreddore, insomma, niente di grave, ma preferisco non mandarla all'asilo. Creerebbe soltanto problemi.» Sofie non disse niente. «Potresti badare a lei? Mi sarebbe di grande aiuto. Ho un appuntamento urgente alla mia ex azienda, ma non posso proprio portarmela dietro…»

«Va bene, la tengo io.»

«Davvero?»

«Sì, nessun problema. È ancora Maria?»

«Più che mai. Se non sto attenta, finirà col costruirsi un'aureola con un foglio di alluminio.»

Sofie fece appena in tempo a lavarsi prima che Franziska si presentasse alla sua porta con Anouk. Non chiamò Giacomo per avvisarlo. Avrebbe capito da solo che non sarebbe andata, e avrebbe fatto le sue riflessioni al riguardo. Magari se l'era già immaginato il giorno prima. Pur non avendo direttamente a che fare con le persone, sembrava conoscerle molto bene. Forse bisognava mettere un po' di distanza tra sé e la gente per capirla. Così come succedeva con certi quadri, che da vicino parevano un insieme di pennellate casuali e soltanto da lontano acquisivano un senso.

Anouk si era portata l'occorrente per disegnare. Aveva messo nello zaino anche la Barbie nuda con un calzino intorno ai fianchi.

«Tu sia benedetta!» esclamò sua nipote salutandola, e con le manine fece un gesto simile a un segno della croce ma con molti più punti.

«La sua ultima fissazione» disse Franziska porgendo a Sofie una borsa con il ricambio della bambina. «Ha visto per caso una messa in televisione. Ora benedice qualunque cosa. A casa nostra ha già benedetto un sacco di piante, persino il vecchio ficus.»

Sofie accarezzò teneramente la testolina di Anouk. «Ti va un po' di frutta?»

«A Maria piace la frutta, e anche a Gesù bambino.»

Sofie si rivolse a Franziska. «Be', che aspetti? Va' pure in azienda. Noi due ce la caviamo a meraviglia.»

Tagliata a spicchi la mela per la nipote, Sofie guardò un istante il tavolo della cucina e provò irritazione, perché senza farina le parve a un tratto stranamente vuoto.

«Sei malata anche tu, zia Sofie?» domandò la bambina.

«No, perché?»

«Guardi il tavolo, ma è come se guardassi molto più lontano. Davvero strano.»

«Dimmi, cosa vorresti fare da grande?»

Anouk aggrottò la fronte. «Che vuoi dire?»

«Che lavoro vorresti fare?»

«Io sono Maria!» La piccola si mise in bocca uno spicchio di mela.

«Sì, ma…»

«E poi io sono già grande!» la interruppe Anouk con la bocca piena, poi si alzò. «Gesù adesso salva i miniesseri umani! Stai a vedere!»

Sollevò in aria la Barbie e imitò i rumori di un'elica.

«Gesù sa volare?» Sofie soffocò una risata.

«Certo!» Piegò la testa come se si stesse chiedendo

se la zia Sofie fosse davvero così stupida o dicesse così, tanto per dire. «È pur sempre il figlio di Dio, lui può tutto! Non lo sai? Eppure lo sanno tutti!» Anouk imitò di nuovo dei rumori. «Può scagliare anche fulmini dagli occhi.»

Giacomo Botura a quel punto avrebbe sicuramente detto che il mondo per i bambini era come l'impasto del pane, potevano lavorarlo a loro piacimento. Mentre agli adulti sembrava tutto pane vecchio.

Suonarono alla porta. Franziska doveva aver dimenticato qualcosa.

Ma quando Sofie andò ad aprire, si trovò davanti Irina. In maglietta, jeans e sneakers, così, come un'amica passata a fare un saluto. Ma loro non erano amiche, erano sempre state in competizione.

«Posso entrare?» domandò porgendole un mazzo di fiori freschi. Fresie, tulipani, ranuncoli e violacciocche, tutti in boccio, color bianco o pastello, esageratamente grossi.

Sofie prese i fiori. «Saranno sicuramente anche da parte della compagnia, ringraziali.»

«Certo, lo farò senz'altro.»

La lieve esitazione di Irina nel replicare le fece subito capire che la compagnia non aveva niente a che fare con quella visita.

A un tratto Irina si ritrovò di fronte Anouk. «Tu sei

lo spirito santo» le disse salutandola. «Devi metterti davanti al televisore e brillare!»

Irina guardò Sofie con aria interrogativa.

«Perché non vai a disegnare?» suggerì Sofie inginocchiandosi davanti alla nipote. «E dopo riprendiamo a giocare, okay?»

Anouk fece spallucce. «E cosa dovrei disegnare?»

Sofie disse la prima cosa che le venne in mente. «Perché non disegni un baobab?»

«Cos'è un baobab?»

«Un baobab. Un albero completamente vuoto all'interno.»

La bambina fece una smorfia. «Che albero strano. Ci vive dentro uno scoiattolo?»

«Sì» rispose Sofie, e alzandosi si rivolse a Irina. «Prendi un caffè?»

«Un bicchiere d'acqua, grazie.»

«Vieni, andiamo in cucina.»

Tutte le conversazioni importanti in quell'appartamento avvenivano in cucina. Mai in soggiorno, a letto, soltanto in cucina. Forse perché lì ci si sentiva più a proprio agio, essendoci cibo e bevande a portata di mano.

«Volevo sapere come stai. Per via dell'emicrania» disse Irina entrando nella stanza dietro di lei.

Sofie prese una bottiglia d'acqua dal frigorifero e

gliene versò un bicchiere. «Meglio. Grazie. Mi dispiace di esser dovuta uscire dalla sala.»

«Non potevi fare altrimenti, no?»

«No. I miei piedi sono partiti da soli.»

Irina fece un respiro profondo.

«Diamoci un taglio» la sollecitò Sofie sedendosi al tavolo. «Qualunque cosa tu voglia dire, dilla e basta! Non fingiamo di essere come sorelle o come se tu fossi preoccupata per me.»

«Ma io non ho niente di personale...»

«Neanch'io ce l'ho con te. Ma essere amiche è un'altra cosa.» Sofie si versò dell'acqua. «Mi sa che non ci resta molto tempo, di sicuro tra poco la Vergine Maria sarà di nuovo qui.»

Irina aggrottò le sopracciglia sottili e depilate alla perfezione. Sembrava non essere sicura che Sofie avesse effettivamente qualche problema mentale, come alcuni sospettavano nella compagnia.

«Non pensarci più» aggiunse Sofie. «Di' quello che hai da dire.»

Irina dovette fare un altro respiro profondo. «Non venire più alla sala da concerto. Ti prego.»

Sofie si afferrò con decisione una ciocca di capelli. «Mi aspettavo che voleste che tornassi il prima possibile e che restassi sino alla fine.»

«No. Se tornerai a sederti in sala, tutti staranno a

guardare se ti alzi di nuovo e te ne vai. Ci farà attenzione il pubblico, la stampa e, quel che è peggio, tutto l'*ensemble*. Compresa io. Così non possiamo dare il meglio, sono certa che lo capisci anche tu.»

Lo capiva benissimo. Ma in ogni caso era come se Irina l'avesse appena bandita del tutto dal mondo della danza. «Dunque divieto d'accesso» constatò infine.

«Non devi prenderla così!»

«Nessun problema. È meglio anche per me. Devo lasciarmi quella vita alle spalle, definitivamente. Altrimenti è come incontrare un ex che ti ha lasciato. Un taglio netto è la cosa migliore.»

«Vieni pure alle prove, e poi magari un giorno potrai di nuovo...»

Scosse il capo. «Va bene così. Mi sono già trovata un altro lavoro.»

Irina si toccò l'orecchio pensando di aver capito male. «E cosa fai?»

«Faccio la fornaia» rispose Sofie, senza tuttavia guardarla negli occhi.

«Dove?»

«Qui al villaggio.»

Irina lasciò danzare i polpastrelli sul tavolo nel tentativo di farsi forza per la domanda successiva. Sofie riconobbe in quel ritmo l'inizio della *Bella addormentata* e strinse forte la mano di Irina.

La nuova prima ballerina si ritrasse come una bambina colta alla sprovvista, ma alla fine trovò il coraggio di pronunciare quelle parole. «È molto brutto quando non si può più stare sul palco?» Si morse il labbro inferiore. «Sai, ho davvero paura. Credo sia come per un pittore che all'improvviso non sa più tenere in mano il pennello, o una scrittrice che non riesce più a scrivere una parola.»

Nella voce di Irina si avvertiva una forte preoccupazione. Il timore per la fine della propria carriera accompagnava una ballerina in ogni sua esibizione. Ogni salto poteva essere l'ultimo. Soltanto chi lo accantonava riusciva a sopravvivere.

«Non è proprio così» rispose Sofie, pur essendosi sentita esattamente in quel modo. «Giacomo Botura dice che da un impasto puoi fare panini, una baguette sottile o anche pane in cassetta. Non c'è un tipo di pane migliore dell'altro, ognuno ha il suo valore. Dal mio impasto è uscita sinora una ballerina e in ultimo una fornaia. Ma io sono entrambe le cose. Al cento per cento. Bisogna soltanto essere pronti a modellarsi.»

Irina la guardò a lungo a bocca aperta. «Sei cambiata» disse. «Sono felice per te.»

Persino Sofie si sorprese delle parole che aveva appena pronunciato.

Anouk entrò in cucina. «Guarda qui, l'albero *babi-*

bu. Ora lì dentro ci vive uno scoiattolo. Ma io ho colorato il suo deposito di noci. Tutto fino in cima all'orlo.» Mise il foglio sul tavolo davanti a Sofie. «Fanno cento euro. Posso tornare anche domani, o hai già altri programmi?»

Florian era in camera seduto sul letto. Il portatile in grembo, stava cercando di lavorare alla nuova coreografia, fallendo ogni volta dopo aver digitato pochi tasti. In realtà preferiva lavorare in cucina, vicino alla teiera e alla fruttiera (sebbene poi si servisse per lo più dalla scatola dei biscotti). Ma in quel momento non voleva oltrepassare la soglia della stanza, sarebbe stato come entrare nel mondo che racchiudeva tutti i suoi problemi. La camera da letto nella penombra gli sembrava invece piacevolmente surreale.

Stralci di conversazione si facevano continuamente strada verso di lui da sotto la porta o strisciavano attraverso il buco della serratura. Da tutto quello che aveva sentito, Florian provò a farsi un quadro di cosa stesse succedendo a Sofie. Ma quei frammenti non gli arrivavano sotto forma di tessere di un puzzle bensì come pezzi di vetro appuntiti che non componevano alcun insieme coerente.

Forse il suo incontro con Marie avrebbe fatto un po' di chiarezza, dopo tutto lei aveva letto apposta dei manuali sulle relazioni di coppia per salvare il suo matrimonio. Non sapeva davvero cos'altro fare. Aveva provato con la comprensione, con la colazione a letto, con una piccola gita in una delle città medievali preferite da Sofie e dedicandole molto tempo. Con settimane piene di comprensione e indulgenza in cui aveva avuto la sensazione di essere al mare con Sofie su una zattera senza remi che prendeva sempre più il largo. E ogni sua parola sembrava soltanto mettere sempre più distanza fra loro. Com'era potuto succedere? All'inizio del loro amore ogni parola era stata come un collante che li aveva uniti sempre di più. Non c'erano mai state parole sbagliate. Ma da quando Sofie aveva smesso di ballare, le parole sbagliate si erano moltiplicate, e ormai non restavano che quelle. Si era soliti dire: una parola tira l'altra. Ma le parole non li tenevano più uniti, erano anzi fonte di scontro, una lotta continua, e per evitarla erano arrivati persino a ignorarsi. A volte i loro discorsi gli apparivano come un susseguirsi di parole provenienti da due monologhi indipendenti.

Ecco perché ormai preferiva tacere.

Sin quando non avesse ritrovato le parole giuste, neutre, quelle che avrebbero reso di nuovo possibile dialogare.

* * *

L'indomani mattina Giacomo parlò a lungo con la foto sulla credenza. Le raccontò che il giorno prima Sofie non si era fatta vedere. Aveva sperato con tutto il cuore che fosse proprio lei quella con cui avrebbe salvato il panificio. Parlò di come era stato felice del primo pane che aveva fatto. E poi dei suoi esordi e di tutti gli errori che era possibile fare mentre si impastava il pane, spesso anche in contemporanea. Parlò di croste così dure con cui si sarebbero potuti piantare chiodi nel muro, di impasti che si erano sciolti in forno al punto da sembrare gli orologi di Dalí. Giacomo raccontò anche di aver assaggiato il pane venuto male per imparare. La foto gli sorrise tutto il tempo, e lui avvertì la forte mancanza di quel volto nella realtà, e non soltanto in quel preciso istante, per quanto meraviglioso.

La porta del panificio si aprì con un forte rumore, quasi fosse una stanza del tesoro ben sigillata. Appena entrato, Giacomo venne travolto dal ricordo prezioso del profumo di tutto il pane e dei panini che aveva cotto lì dentro, e dal fresco odore dell'olio di menta che usava per tenere lontane le tarme della farina.

Quello speciale mix aromatico gli dava ogni volta la certezza di essere arrivato nel luogo a cui apparteneva. Nessun altro ambiente al mondo aveva l'odore del suo panificio.

Ma il senso di protezione che gli trasmetteva il panificio venne alterato dal fatto che era vuoto. Ovviamente lo era sempre, quando ci entrava. Ma Sofie era stata lì appena due giorni e già gli mancava. Giacomo ebbe persino l'impressione che gli fosse sempre mancata e che se ne fosse reso conto soltanto allora.

Dirigendosi verso il drago per svegliarlo, cercò di non pensare all'assenza di Sofie il giorno prima e alla possibilità che tornasse o meno. Giacomo era infatti dell'idea che rimuginare non lo avrebbe portato molto lontano. Che lo facessero quelli capaci di ricavarne qualcosa. I sentimenti erano più nelle sue corde. Forse anche troppo. Soprattutto quando erano dolorosi. Aveva percepito in Sofie un dolore che conosceva sin troppo bene: perdere qualcosa che aveva riempito il cuore a lungo. Per questo si era sentito legato a lei in modo speciale.

Ma per certi versi doveva averla spaventata. Aveva forse usato le parole sbagliate? Era parecchio fuori esercizio nel conversare, in fin dei conti parlava poco, e nel caso lo faceva esclusivamente con Motto. Con Elsa non si poteva certo dire che dialogasse. Era giusto uno scambio di informazioni. A Giacomo sarebbe piaciuto parlare con lei, già da anni, sin da subito. Ma ogni volta che provava ad abbattere il muro fra loro, ecco che l'anziana signora lo consolidava di nuovo. Un tempo si era convinto che Motto li avrebbe avvicinati. Ma il bassotto – il regalo di Giacomo per Elsa – aveva soltanto messo in evidenza quanto fossero distanti l'uno dall'altra.

Aveva bisogno di un consiglio, e c'era soltanto una persona in grado di darglielo. Quel pomeriggio, non appena Elsa se ne fu andata a casa, Giacomo digitò al telefono del negozio il numero che in tutti quci decenni non era mai cambiato. E come sempre dovette aspettare tre squilli prima che rispondesse.

«Nonna, sono io!» gridò, essendo la donna un po' sorda. L'anno precedente aveva compiuto novant'anni, ma il suo fisico nemmeno se n'era accorto. Da quando ne aveva ottanta, non badava più ai compleanni, rimaneva semplicemente così com'era.

«Il piccolo Gigi! Sei tu!» La sua voce era talmente nitida che sembrava fosse seduta lì con lui. Dipendeva dal nuovo telefono che le aveva regalato lo scorso Natale. Un apparecchio elegante, argentato, senza fili. Nella sua cucina sembrava di sicuro tecnologia avveniristica.

«Stai bene, nonna?»

«Mi mandi sempre cartoline così belle. Che pensiero carino!»

Qualche anno prima Giacomo aveva trovato al supermercato un set di cartoline che ritraevano i monumenti più belli del Paese. Ancora non ne aveva visto nemmeno uno di persona. Ma era confortante sapere che avrebbe potuto visitarli, se soltanto avesse voluto.

«Ti penso tanto, e penso anche alle tagliatelle con le sarde.»

«Sono le migliori!»

Giacomo sapeva che erano l'orgoglio della nonna. A lui invece non erano mai piaciute. Mangiare quei pesciolini interi gli aveva sempre fatto venire i brividi sin da bambino. Li risputava nella mano senza farsi notare, e poi se li metteva svelto in tasca per sbarazzarsene successivamente al porto. Per quel motivo i suoi pantaloni avevano un odore terribile, soprattutto quando dopo mangiato si dimenticava di buttare le sarde.

«Che cos'hai, ragazzo mio, come può aiutarti tua nonna? Si sente dalla voce che c'è qualcosa che ti affligge.»

Giacomo si immaginò tutta la scena: la nonna seduta sulla panca di legno della sua piccola cucina, non proprio alla finestra ma leggermente spostata verso la stufa, perché soltanto da lì, attraverso un vicolo stretto che scendeva ripido al porto, si poteva vedere il color acquamarina del Tirreno. Quando andava a trovare i parenti in periferia, raccontava sempre di avere una casa al porto.

«Ho un problema con una giovane donna.»

«Oh, una giovane donna. Allora parlane con tua nonna.»

«Si chiama Sofie, e ha cominciato a lavorare da me come aiutante. È stata qui due giorni, e ho pensato subito che fossimo sulla buona strada. Che avessi trovato finalmente qualcuno in cui poter accendere la passione per il pane. Come quando si è innamorati. Te lo ricordi, no?»

«Senti che sfacciato! Anche tua nonna è stata giovane un tempo. Ed era persino bella!»

«Lo so, nonna. Eri la donna più bella della Calabria!»

«Per qualche istante lo sono stata. O almeno è così che mi sono sentita quando tuo nonno mi ha guardato con gli occhi dell'amore.» Rise un po'. «Ma è meglio se ora mi racconti cosa non va con la tua giovane donna.»

«Ieri e oggi non si è presentata. E non ha nemmeno telefonato.»

«*Mmm…*» Quelle interiezioni della nonna erano libri interi, quanti pensieri racchiudevano.

«L'ho già presa molto a cuore, nonna. E al panificio si sente la sua mancanza. Sai, oggi mentre impastavo mi sono accorto di non aver usato una parte del piano di lavoro. Non c'era alcun impasto, niente farina.»

«Era la parte in cui lavorava lei, giusto?»

«Sì, era la sua.» Giacomo guardò dal corridoio il negozio al buio. «Avrebbe dovuto essere la sua. Ma forse non tornerà più.» Abbassò la testa. «Sai dirmi cosa posso fare per riaverla qui? Oppure farei meglio a lasciar perdere? Magari tornerebbe soltanto per qualche settimana o qualche mese, ma poi finirebbe con l'andarsene comunque, perché in fin dei conti impastare il pane non fa per lei. E a quel punto avrei semplicemente sprecato tempo a formarla.» Così come tutte le speranze riposte in lei. Lui sapeva sin troppo bene che la speranza sprecata faceva ancora più male del tempo sprecato.

«Il tuo cuore è più saggio di quanto credi, ragazzo mio. Se ti sei affezionato, allora vuol dire che ne vale la pena. Anche se un giorno dovesse andarsene. Mostrale l'amore che metti nel tuo lavoro, la tua felicità. Se diventa anche la sua, allora resterà.»

Giacomo si appoggiò alla parete piastrellata, avvertendo il freddo delle mattonelle. «Non so se basterà...»

«È tutto ciò che puoi fare. Per alcuni il lavoro è come un gioiello d'oro che si opacizza a ogni tocco. Per altri è come una perla che a ogni tocco, invece, brilla di più. Adesso purtroppo devo lasciarti, piccolo Gigi. I pescatori arriveranno da un momento all'altro, e io voglio guardarli.»

La nonna si sarebbe sistemata i capelli apposta,

cosa che da tempo non era più da lei, e per un breve istante i pescatori avrebbero riconosciuto ciò che il nonno all'epoca aveva visto in lei. Non importava quanto fossero velati i suoi occhi, quanto profonde le sue rughe, era ancora una donna stupenda.

E aveva bisogno di vedersi riflessa negli occhi dei pescatori.

* * *

L'indomani mattina Giacomo, tutto mesto, avviò il forno come se non fosse nient'altro che un motore con la manovella da girare.

All'improvviso entrò nella stanza Sofie e appese all'attaccapanni la giacca leggera. Dopo la conversazione con Irina aveva rimuginato a lungo sul suo lavoro lì dentro. Il giorno successivo, di colpo, aveva sentito nel naso l'odore inconfondibile del pane caldo appena sfornato, e si era resa conto che il piccolo panificio le mancava. E anche il fornaio. Il suo pane, le sue parole. Il desiderio di tornarci era aumentato, divenendo sempre più intenso. E alla fine aveva rimesso la sveglia.

«Non sono stata bene nei giorni scorsi» disse abbassando lo sguardo. «Mi dispiace di non essermi fatta viva.»

Giacomo annuì senza dare a vedere la sua felicità. Una stupida consuetudine, ma era sempre stato così. Aveva la sensazione che un po' di quella felicità andasse perduta, se comunicata, come accadeva ad esempio con le piante in boccio, che dovevano crescere prima di poter dare frutti maturi.

Sofie non sapeva spiegarsi il perché, ma sentiva il bisogno di dare al fornaio una spiegazione migliore. E aveva l'impressione di potersi confidare con lui.

«In realtà non sono mai stata bene, perché sono…» Si interruppe in cerca della parola più adatta. Alla fine ne trovò una che suonò impotente, proprio come si sentiva lei: «… spenta».

Giacomo reagì con un sorriso, e Sofie ne restò sorpresa.

«Non mi prende sul serio?» domandò.

Lui scosse energicamente la testa. «Sa di cosa siamo fatti? Tutti quanti?»

«Di acqua? Ma cosa c'entra questo con me?» Sofie pensò di riprendere la sua giacca e di andarsene.

«Il materiale di cui siamo fatti deriva dalle stelle spente. Tutti noi non siamo altro che stelle spente.»

«Questo non migliora certo le cose.»

«Eccome se le migliora! Perché pur essendo stelle spente, siamo comunque in grado di vivere, ridere e amare. Milioni di anni fa nessuno lo avrebbe ritenuto possibile. E se ce la fanno le stelle spente a essere vive, allora ce la farà anche lei.»

«A tornare viva?»

«Sì. Deve fare soltanto come le stelle spente e trasformarsi.»

«Ma quelle ci mettono un'eternità.»

«Non deve necessariamente imitarle in tutto e per tutto» disse Giacomo facendole l'occhiolino. Poi si ricompose. «Ho dimenticato una cosa importantissima!»

Dopo di che abbracciò Sofie. Fu uno di quegli abbracci dati non soltanto con il corpo ma anche con il cuore. Le mani di Giacomo sapevano esattamente dove posarsi e quale pressione esercitare per risultare gradevoli. Né troppo leggera, non era fragile come un uovo, né troppo forte, non era insensibile come un sacco di farina.

«Io sono Giacomo. E tu?»

«Sofie. Piacere.» Non poté trattenersi dal ridere.

Quando smisero di abbracciarsi, Sofie urtò il copricapo del fornaio. Si chinò in fretta per raccoglierlo. Fu in quel momento che le tornò in mente ciò che avrebbe sempre voluto chiedergli. «Lei... insomma tu sei... italiano, vero? Perché allora porta... porti...?» Gli porse il basco.

Giacomo lo ripulì dalla farina e se lo mise in testa.

«Sai, all'inizio le mie baguette non erano poi così buone. Ho provato di tutto, ma non riuscivo a trovare la ricetta giusta. Poi a un mercatino delle pulci ho notato questo bel basco, e ho pensato: forse con questo potrebbe finalmente funzionare! Perché così la mia testa penserà che sono francese.» Se lo raddrizzò. «E cosa dire? Ha funzionato davvero!»

«Ma adesso molta gente al villaggio penserà che tu sia francese.»

«Non ha importanza. Io so di essere Giacomo, di origini calabresi. È una divisa.» Andò al piano di lavoro. «Allora, bando alle ciance, il pane non si fa da sé. Anche se una volta eri una stella. L'impasto aspetta te.»

Sofie gli si avvicinò. «Credi che possa davvero imparare? E chissà, diventare persino brava? Hai visto in me una fornaia come mi sono immaginata?»

«Ho visto in te una donna che può diventare una fornaia. Sai, la cosa più importante in ogni lavoro non è se puoi impararlo, ma se vuoi impararlo. Se diventare una fornaia o meno, sarai tu stessa a deciderlo. Se sono gli altri a decidere per te, allora anche il più bel lavoro del mondo diventa la sofferenza più atroce.»

E il più bel lavoro del mondo, non ebbe bisogno di dirlo, era ovviamente fare il pane.

«Io facevo la ballerina» disse di getto Sofie. «Era la mia professione.» Le venne fuori come una confessione, e fu felice di averlo detto. Di norma era sempre stata fiera di dirlo, ma di fronte a un fornaio come Giacomo le sembrò a un tratto il lavoro più assurdo che avesse mai potuto scegliere.

«Bene, anzi benissimo. Una ballerina in un panificio è proprio quello che ci vuole.»

«E perché?»

«Come hai sempre dovuto essere per fare la ballerina?»

«In forma?»

«Non era quello che intendevo. Per le giravolte. E le piroette.»

«Flessibile?»

«Sì, flessibile. Sei stata flessibile tutta la vita.»

«Il mio fisico lo è stato.» Sofie fece un respiro profondo. «Non io.»

Giacomo rise sotto i baffi. Conosceva quel pensiero. «Guarda meglio, magari riesci a trovarla un po' di flessibilità nella tua anima. Forse è rimasta influenzata dal tuo fisico?»

La esortò a lavorare l'impasto sollevando un po' il mento.

«Ci vuole ritmo per impastare, proprio come per ballare. Durante il tuo primo giorno di lavoro lo hai avvertito subito e lo hai fatto bene. Ma era ancora il tuo ritmo, più che quello dell'impasto. Ti faccio vedere.»

Il fornaio prese diversi impasti e mostrò a Sofie quanto fosse appiccicoso e riottoso, per esempio, l'impasto di segale e quanto fosse invece leggero e malleabile quello fatto con la farina di grano italiano.

Poco prima dell'orario di apertura, Elsa entrò e gettò uno sguardo nel laboratorio dal corridoio a forma di tunnel. Motto arrivò di corsa tutta allegra e si piazzò senza alcun indugio davanti al forno.

«Ah, ecco di nuovo la nostra elegante ballerina» esordì l'anziana donna con sguardo sprezzante. «Sua Altezza è tornata fra i comuni mortali? Alleluia!»

«Io non sono...» iniziò a dire Sofie. Era arrivato il momento di fare chiarezza.

Ma Giacomo le dette una fetta di pane nero. «Mangia. Vedrai che poi ti sentirai meglio.»

«Non posso mangiare qualcosa ogni volta che non mi sento bene. Alla fine non passerò più nemmeno dalla porta.»

«Ma non devi mangiare di continuo. Devi mangiare ora.»

Sofie prese la fetta di pane e dette un morso, era deliziosa. Tostata, asprigna, ma sotto sotto, si percepiva soltanto dopo aver masticato un po', c'era una nota dolce leggermente maltata.

«Ho seguito la ricetta di Elsa» spiegò Giacomo, che aveva osservato attentamente il volto della sua aiutante, aspettando il momento in cui si fosse rilassato. «Ne mangio sempre una fetta, quando ha una giornataccia. Così poi posso perdonarla più facilmente.»

«Perché è così di malumore? Le è successo qualcosa di brutto?»

«La vita» rispose Giacomo «è come un fiume carico di detriti. E qualcuno ci resta impigliato.»

Sofie lo guardò e sentì il bisogno di chiedere com'era la vita nel suo caso. Ma si conoscevano già così bene per prendersi certe libertà?

«Devi impastare» disse Giacomo «l'impasto è lì che aspetta.»

E quando Sofie guardò il grosso grumo sul piano di lavoro, capì che quell'impasto aspettava proprio lei.

* * *

Giacomo le dava ogni giorno sempre più pane.

«Devi assaggiare» diceva porgendogliene un pezzo. Godeva nel risvegliare le papille gustative di Sofie, aprendole un nuovo universo di sensi.

E lei migliorava di giorno in giorno nel fare il pane. Ciò che ancora mancava era quell'ingrediente leggermente vago chiamato amore. Giacomo sapeva che fare qualcosa senza amore implicava fatica. Quando invece si amava il proprio lavoro ci si sentiva realizzati.

Quell'amore poteva scaturire soltanto da una fonte ben precisa: sé stessi.

Lei impastava però come molti altri, con malinconia e tristezza. A volte il pane che faceva sapeva addirittura di stanchezza. Di vuoto. Perché la gente era convinta di trovare l'amore nel cibo, ma non tutti gli altri sentimenti?

Non poteva vendere il pane di Sofie, lo gettava via ogni giorno dopo che era andata a casa, e ciò gli spezzava il cuore. Perché se lei non avesse saputo metterci amore, sarebbe stato costretto a lasciarla andare. E dal momento che nessun altro si era candidato per quel posto, ciò significava la fine del suo sogno di restare il fornaio del villaggio.

Ma non era quello il motivo per cui era rimasto in silenzio quel giorno al panificio.

Doveva andare allo stagno.

Come sempre, dopo il lavoro indossò il suo più bel completo grigio scuro insieme alla camicia color verde chiaro con fantasia elegante, stirata di fresco, e il suo basco marrone. Mise sul portapacchi della bici un canovaccio a quadri rossi e bianchi e ci fissò sopra due baguette. E come sempre da quando c'era Motto, prese il cane e lo portò con sé in una coperta dentro a un cestino montato sul manubrio. A Motto piaceva il calore, e se l'apertura del vecchio forno fosse stata alla sua altezza, il piccolo bassotto ci sarebbe saltato dentro da tempo.

Quando andava allo stagno, Giacomo non pedalava mai veloce per arrivare prima.

«Per favore, più tardi di' a Elsa che il nuovo cappotto le dona» disse lui rivolto a Motto, intenta a infilare il naso sensibile sotto la coperta. «E che può dare tranquillamente i lecca-lecca alla ciliegia ai bambini. Che infanzia è, se nessuno ti regala un lecca-lecca? Hanno sempre un sapore buonissimo quando ti vengono regalati.»

Giacomo confidava da anni a Motto ciò che non poteva dire a Elsa. L'anziana donna stroncava sempre ogni sua parola sul nascere, come se fosse un cantuccio di pane secco e immangiabile. Ma quando pronunciava davanti a Motto le parole pensate per Elsa, quelle approdavano finalmente nel mondo, e prima o poi avrebbero anche trovato il modo di raggiungerla. Con le parole non si sa mai. Quelle che si gridavano in faccia a qualcuno finivano col perdersi, mentre quelle soltanto pensate potevano sempre raggiungere il destinatario. Era dunque lecito sperare.

Lo stagno era fuori dal villaggio, ed essendo raggiungibile soltanto da una sconnessa stradina tra i campi che disegnava un ampio arco costeggiando i binari della ferrovia, era difficile trovarci qualcuno a spasso. Gli uccelli acquatici e gli animali che vivevano in un boschetto di querce adiacente allo stagno stavano per lo più fra di loro.

Mise la bici sul cavalletto e andò verso la riva lussureggiante di vegetazione. Il moto ondoso era pressoché assente, e il vento poteva sbizzarrirsi sui campi di grano intorno al villaggio, dunque si curava ben poco di quel piccolo appezzamento.

Non c'erano panchine né prati con l'erba tagliata su cui potersi stendere, soltanto un gran proliferare di erbacce. Giacomo fece a pezzetti le baguette che si era portato dietro e le gettò a riva. Non nell'acqua, dove sarebbero finite sul fondo dello stagno. Un passero osò avvicinarsi per primo e beccò un pezzo sin troppo grosso per il suo piccolo becco, portandolo velocemente al sicuro. Poi una famiglia di anatre atterrò rumorosamente sull'acqua davanti a lui e si mise a sguazzare a riva, e alla fine un cigno elegante si lasciò scivolare sulla superficie dello stagno. Due corvi saltellarono a riva gracchiando.

Giacomo iniziò a cantare a bassa voce una canzone di Modugno che gli veniva sulle labbra soltanto lì.

«*Mille violini suonati dal vento / tutti i colori dell'arcobaleno / vanno a fermare una pioggia d'argento / ma piove, piove.*»

Nel pronunciare quelle parole lo stagno gli sembrava sempre un po' più scuro. Ma quel giorno era importante ricordare, anche se riapriva una ferita che avrebbe dovuto già essere chiusa e guarita da tempo.

A Motto piaceva lo stagno. E malgrado l'età amava ancora tuffarsi in acqua. Almeno una volta, per un breve momento. Per questo motivo Giacomo dovette gettare al bassotto un bastone, ma uno di quelli robusti, anzi uno enorme. Uno che in realtà soltanto cani molto più grossi riuscivano a prendere. Motto uscì da sotto la coperta unicamente per tuffarsi. Con grande orgoglio trascinò il bastone a riva e poi si scosse. Guardò Giacomo in attesa che l'asciugasse strofinandola ben bene e che la riavvolgesse nella coperta.

«Mi hai addestrato alla perfezione in tutti questi anni» disse lui quando rimise Motto nel cestino. «Animale saggio.» La guardò negli occhi privi di malevolenza. «Si dice che col tempo le persone assomiglino sempre di più ai loro cani. Ma io trovo che tu assomigli sempre di più a me. Sembri sempre di più una persona.»

Giacomo non sapeva se quello fosse un complimento per un cane. Il bassotto sembrava semplicemente felice di essere sé stesso.

* * *

Nei primi giorni del nuovo lavoro Sofie aveva trovato opprimente attraversare il villaggio di notte, era come se la luce dei pochi lampioni tenesse a malapena a bada l'oscurità. Ora quei punti di luce le apparivano come riflettori accesi su un palcoscenico buio. E i suoi passi non erano più pesanti, ma rimbalzavano come non succedeva più da molte settimane. I *balancé* erano un movimento lirico *terre à terre* al ritmo di valzer, con enfasi sul primo passo. Giù – su – su – giù – su – su. Dall'ultima sera che aveva ballato sul pavimento di legno della sala da concerto, a un tratto così duro, Sofie non lo aveva più eseguito. Le erano sempre piaciute tanto quelle dolci ondulazioni, per la loro intrinseca bellezza e perché le infondevano nuova forza per i movimenti più complessi e più impegnativi che l'attendevano. Era così bello inserirne alcuni nella sua passeggiata in direzione del panificio.

C'era anche la musica lungo il cammino, una sinfonia tipica del mattino. A volte sentiva il grido di allarme del barbagianni, che suonava come un *chiu-chiu*, o le volpi che levavano guaiti strazianti dai campi.

Il panificio, quel punto luminoso nel cuore del villaggio, prima un mondo a lei estraneo, era divenuto una specie di casa. Sofie non sapeva se fosse quello il suo futuro, ma come presente era molto meglio di ciò che aveva avuto nelle ultime settimane.

Tranne il giorno prima. Giacomo le era sembrato quasi del tutto assente. Come in modalità automatica aveva impastato, modellato, cotto al forno senza parlare, senza dirle di tanto in tanto di non fare niente. E non perché avesse ormai imparato. Gli aveva domandato cosa stesse succedendo, ma per tutta risposta si era limitato a scuotere la testa.

Anche quel giorno era più taciturno del solito. Ma via via che riempiva e infilava le teglie nel forno, sembrava perdere alcune delle sue preoccupazioni.

Quando il grosso del lavoro fu fatto, le si avvicinò all'improvviso.

«Vieni, dobbiamo fare una cosa.»

Lei si strofinò i palmi delle mani per liberarsi dell'impasto appiccicato. «Di che si tratta?»

«Dell'amore!» rispose Giacomo.

Sofie naturalmente non sapeva che lui si fosse ripromesso di scoprire il motivo per cui sembrava mancarle quella certa porzione di amore. E nemmeno quanto fosse pessimo nel fare discorsi che non avessero per argomento la farina e il metodo per impastare (anche se con lei riusciva a parlare meglio di quanto avesse mai fatto negli ultimi anni con chiunque altro).

Il fornaio prese il suo impasto di segale scura e lo mise sul piano di lavoro. Era della specie più ostinata, quella che non si faceva lavorare, che opponeva resistenza. Una poltiglia inerte e appiccicosa compiaciuta della propria consistenza.

«Pensa a qualcosa di bello mentre impasti.»

«In che senso?» domandò lei infarinandosi le mani.

«Pensa all'amore. A un amore bello.» Le toccò la spalla con fare incoraggiante. A una donna come lei certo non poteva essere mancato l'amore nella vita. Le prese le mani e le posò sull'impasto. «A tantissimo amore» disse Giacomo. «È importante. Per tutto.»

Sofie si chiedeva perché parlasse tanto dell'amore.

«Sai,» seguitò l'uomo, tentando un nuovo approccio per farle capire meglio «il nostro alimento di base non sono le patate, né la pasta e nemmeno il riso. È il pane ad accompagnarci ogni giorno, certe volte la giornata inizia e finisce con il pane. Se noi siamo quello che mangiamo, allora siamo una pagnotta. E se siamo una pagnotta, allora questa deve venir impastata con amore.»

Dal negozio giunse una voce sottile. C'era la signora Grünberg davanti al bancone.

«Una pagnotta» disse senza esitare. E quando le venne data, staccò subito un pezzetto di crosta. Mangiando chiuse gli occhi per un istante, poi guardò Elsa raggiante. «Me ne dia subito un'altra!»

«Ma non può mangiarla tutta.»

«Certo che sì.» La signora Grünberg mise i soldi

della seconda pagnotta sul piccolo vassoio per le monete. «Ma grazie di preoccuparsi per me. È molto premuroso da parte sua.»

Giacomo soffocò una risata. Una frase così gentile dovette risultare parecchio insolita per Elsa.

«Sì, ecco, ehm… Il prossimo per favore!»

Sofie non sapeva come mettere amore nell'impasto. Pensò all'amore, poi pensò alla danza, era il grande amore della sua vita. E Florian ne aveva fatto parte.

Ne aveva fatto parte? Si fermò, perché nei suoi pensieri aveva scelto il tempo passato. Perse subito il ritmo nell'impastare.

All'improvviso sentì le mani di Giacomo sulle sue. «Alcuni avvertono un formicolio alla pianta dei piedi pensando all'amore, altri sentono una fitta al petto o un buco allo stomaco. Pensa semplicemente all'amore, le tue mani faranno il resto.»

Sofie sentì crescere dentro di sé la rabbia, quasi fosse un impasto a lievitazione istantanea. Non voleva parlare con Giacomo delle sue pene d'amore, non avevano niente a che vedere con quello che faceva lì dentro. E perché la guardava con aria raggiante, come se in lei vedesse qualcosa di più di una semplice aiutante? In futuro avrebbe messo le distanze. Forse le cose stavano prendendo una piega completamente sbagliata.

* * *

Franz & Iska era il marchio di moda creato da Franziska dopo il suo apprendistato come sarta, che poi con la nascita di Anouk aveva venduto con profitto. Aveva investito il ricavato in azioni e nella sua casa alla periferia del villaggio. La proprietà era immensa, con alberi secolari e un piccolo ruscello. L'edificio, costruito interamente con legno fiammato, vetro e acciaio e con il tetto spiovente in alluminio, aveva dato adito a molti pettegolezzi in paese.

Anouk era il motivo per cui si erano trasferiti in campagna. Franziska e suo marito Philipp, che seguiva come architetto un grosso progetto in Canada, volevano per la figlia un'infanzia come quella dei libri illustrati, con gli animali della fattoria, i portalettere che pedalavano allegramente e i bambini che giocavano a campana in strada. Franziska non sapeva se lì ci fossero tutte quelle cose, perché presto era emerso che Anouk non giocava volentieri fuori casa, né mostrava particolare interesse per gli altri bambini all'asilo. Preferiva di gran lunga starsene per conto suo. La casa con il grande giardino si prospettava estremamente promettente in quel senso.

Sofie era passata dalla sorella dopo il lavoro e aveva portato qualche pagnotta e dei panini rimasti invenduti durante il giorno. Gli altri avanzi Giacomo li donava come sempre al centro assistenziale della stazione.

Si sedettero sulla terrazza di legno con vista esclusiva su alberi e pascoli, arbusti e campi di cereali, niente case o strade. Bevvero tè, che già per il panorama aveva un sapore più salutare.

«Cosa sta facendo la piccola Madonna?»

«Sta costruendo un mare con la carta da regalo azzurra, che il piccolo Gesù dovrà poi dividere.»

«Ma quello non era Mosè? Gesù non camminava *sulle* acque?»

«Il suo Gesù sa fare entrambe le cose. Vieni con me, così vedrai anche i due buffi polpi, i nuovi apostoli di Gesù.»

Mentre percorrevano il corridoio verso la stanza di Anouk, sulla cui porta era attaccata una stellina senza una punta, Sofie capì di ammirare molto la nipotina. La bambina non aveva alcun problema a reinventarsi. Niente le sbarrava la strada, né la paura né l'incertezza né la logica. Per Anouk passare da ballerina a fornaia non sarebbe stato più difficile che cambiarsi d'abito.

Con un «*Tadaaa!*, benvenuti nella Bibbia secondo Anouk» Franziska aprì la porta della camera della figlia. Dietro c'erano animali di peluche, statuette di plastica e materiali da bricolage che rappresentavano scene bibliche, ma nessuna Vergine Maria.

«Anouk? Dove ti sei nascosta stavolta?» domandò Franziska con un lieve tono di rimprovero, perché alla bambina piaceva giocare a nascondino (anche se dopo poco si metteva sempre a ridacchiare tutta eccitata, il che rendeva più facile scovarla e farle il solletico).

Nella stanza nient'altro che silenzio.

«Dai un'occhiata in bagno?» chiese Franziska a sua sorella, mentre lei si diresse all'armadio, il nascondiglio preferito di Anouk.

Ma lì non c'era. E nemmeno in bagno.

Le grida di Franziska divennero sempre più forti e disperate. Soprattutto dopo la ricerca senza esito in giardino. Anouk era sparita con la bambola del sedicente Gesù bambino.

Franziska chiamò la polizia.

* * *

L'ingresso principale della piccola chiesa bianca del paese, con il campanile che sembrava dover crescere ancora un po', era chiuso. Tuttavia a sinistra c'era una porta aperta che immetteva in una navata laterale dove si poteva avanzare per qualche metro prima che una grata sbarrasse la strada. Tre panche per inginocchiarsi e pregare stavano lì al bagliore di alcuni lumini accesi dai credenti, poche monete per ciascun pezzo.

La chiesa era assai semplice, tranne per una pala d'altare con tre tavole che raffiguravano la crocifissione, un grosso fonte battesimale in granito e una via crucis in bianco e nero alle pareti. Tutte le vetrate erano andate distrutte durante la guerra e sostituite con semplici vetri trasparenti.

Giacomo andava lì a pregare. O a fare quello che lui considerava pregare. Condivideva i suoi pensieri, le sue speranze e i suoi desideri con qualcuno che forse poteva esaudirli. E se poi non c'era nessuno lassù, se non altro si era confessato. Quel giorno confidò molti pensieri riguardo a ciò che era successo anni prima allo stagno e di come quell'evento avesse cambiato per sempre la sua vita.

A un tratto spuntò accanto a lui una bambina piccola con in mano una Barbie avvolta in un asciugamano rosa con gli unicorni.

«Ciao» gli disse. «Io sono Maria. Abito qui.»

«Io sono Giacomo. Abito in un panificio.»

Gli mostrò la sua bambola. «Questo è Gesù, mio figlio.»

«Ah, sei *quella* Maria.»

«Esatto.» Anouk annuì soddisfatta e sembrò felice che finalmente qualcuno lo capisse subito.

«E perché sei venuta a casa?»

«Lo ha voluto Gesù.» Si avvicinò alla piccola vasca

in pietra appesa al muro accanto alla porta, con dentro l'acqua benedetta e ci immerse la testa della bambola. «Deve lavarsi, perché gli è schizzata in testa un po' di marmellata di fragole.»

«E dove dorme?»

«Nella mangiatoia, ovvio. È accanto al mio letto.» Asciugò la testa di Gesù con l'asciugamano rosa, poi andò da Giacomo e lo guardò attentamente da ogni lato. «Tu sei il fornaio del nostro villaggio, vero? Quello di mia zia?»

«Se tua zia si chiama Sofie, allora sì, sono io.»

«Dice che tu sei strano. Ma tu non sei affatto strano.»

«Non siamo tutti un po' strani?»

«Io no» replicò Anouk battendo un piede a terra.

«Eccetto te, ovvio.»

«E Gesù!»

«E Gesù.»

Anouk si sedette accanto a lui sulla panca. «Credo che mia zia non resterà da te. Lo fa soltanto per avere i soldi da… non mi ricordo più come si chiama.» Piegò le mani della sua Barbie. «Vieni, Signore Gesù, sii nostro ospite e benedici ciò che ci hai dato.» Anouk rise. «Prega tra sé.»

«Pregando, si può ottenere molto» disse Giacomo.

«Vuoi sapere come è nato?»

Lui annuì e sentì il racconto della Natività in una

versione leggermente modificata. Evidentemente alla nascita di Gesù erano presenti, oltre al bue e all'asinello, anche dinosauri e delfini. Il parto era avvenuto senza dolore, con un leggero *plop* Gesù era nato all'improvviso, e la pancia di Maria si era subito rimpicciolita. I tre re magi avevano portato in dono camomilla, carote e menta. Tutto ciò venne più recitato che raccontato da Anouk, il piccolo ingresso della chiesa fu il suo palcoscenico.

«E adesso vado all'asilo con Gesù. Perché presto dovrà andarci anche lui.»

«Possiamo passare prima dai tuoi genitori? Vorrei vedere la mangiatoia di Gesù. E i delfini.»

La bambina lo trovò ragionevole. «Okay!»

Giacomo fu sorpreso, perché non aveva mai notato quella casa alla periferia del villaggio, che rimaneva nascosta dagli abeti rossi.

Anouk indicò davanti a sé. «Betlemme!»

«Dove si suona il campanello a Betlemme?» domandò l'uomo, che a prima vista non vide l'entrata, essendo la porta dello stesso legno fiammato delle pareti.

«Lì» rispose Anouk indicando un piccolo pulsante di rame incassato.

Non appena ebbero suonato, Franziska si precipitò alla porta aspettandosi la polizia.

«Sicuramente stava già cercando la piccola Maria» disse Giacomo con un sorriso cordiale.

«Ma dove sei stata?» Franziska corse dalla figlia prendendole il viso fra le mani in parte con fare amorevole, in parte con aria di rimprovero. «Ero terribilmente preoccupata!»

«Ero in chiesa, dove abito. Lì ho incontrato anche il fornaio che pregava. Dopo volevo andare all'asilo, ma lui ha insistito per vedere la mangiatoia di Gesù.»

Giacomo fece l'occhiolino alla donna. «Ho pensato che fosse una buona idea, no?»

«Un'idea magnifica» ribatté Franziska con un sospiro. «Venga dentro.»

Quando Sofie vide Giacomo per mano a una fiera Anouk che lo tirava in casa come un nobile destriero da lei catturato, di colpo lo guardò con occhi diversi. La rabbia di quella mattina per gli strani discorsi sull'amore era acqua passata. Lui aveva trovato la bambina e l'aveva riportata a casa, un salvatore nel momento del bisogno. E per quell'uomo bizzarro era evidentemente facile relazionarsi con Anouk. Sorrise a Giacomo con un trasporto che non aveva mai avuto prima nei suoi confronti. E a quel punto Sofie si sentì meravigliosamente a suo agio nella propria pelle.

4

L'accensione del forno

Irina disegnava con il corpo movimenti ampi come fosse un albero con il vento tra le foglie.

«Più decisa» disse Florian. «Allunga le braccia come fossero rami e le dita come ramoscelli. Prova a tenere la testa alta. Questo fa capire il tuo sforzo nel rimanere padrona della situazione. Girati completamente, e lasciati andare a tratti.»

Lui non aveva detto niente a Sofie di quella prova individuale. Non aveva nemmeno lasciato detto in un messaggio dove fosse andato. L'appuntamento lo aveva fissato all'ultimo momento perché non sopportava più la casa vuota, e perché un documentario sui delfini rosa davanti a Hong Kong non era più in grado di distrarlo. Inoltre voleva che Sofie dopo il lavoro tornasse in quel luogo e lo percepisse vuoto esattamente come lui. La sua paura era che interpretasse quel vuoto come libertà.

Quando Florian abbassò leggermente le palpebre e il mondo si fece sfocato, per un istante gli sembrò di vedere Sofie ballare sul palco della sala da concerto. In quella coreografia una ballerina interpretava la vita di una persona dalla nascita sino alla morte. Ma l'illusione durò poco, perché Irina ballava in modo molto più atletico. Sua moglie era sempre stata pura eleganza e leggerezza. Con la sua uscita definitiva dalla compagnia si era conclusa anche per lui una fase importante della propria vita: non avrebbe più lavorato con l'unica ballerina che incarnava alla perfezione le sue idee. Non lo aveva mai detto a Sofie, per non alimentare ulteriormente la loro infelicità. La sera prima era tornato tardi a casa e l'aveva sentita sfogliare un libro a letto. Non aveva avuto il coraggio di entrare in camera, perché da tempo ormai non sopportava più il modo in cui lo guardava. Si era dunque limitato a poggiare la mano sulla porta, accarezzandola dolcemente. Quando le sue dita avevano cominciato a tremare per la preoccupazione, era andato in soggiorno e aveva passato la notte sul divano. Ma per certi versi era come se fosse rimasto davanti a quella porta.

«Che fase della vita è?» domandò Marie a bassa voce. Seduta di fianco a Florian si sporse verso di lui. Quinta fila, posti trentatré e trentaquattro. I migliori.

«La pubertà, che ho inscenato come una tempesta. Accanto ai lampi dei riflettori piazziamo via via zone luminose, isole di tranquillità e chiarezza, che scompaiono però una dopo l'altra senza venir mai raggiunte da Irina.»

«Sembra proprio la storia della mia adolescenza» disse Marie ammiccando. «Con l'aggiunta di birra scadente e pessima scelta di ragazzi.»

Florian fece un risolino. Gli piaceva il fatto che Marie mostrasse tanto interesse per il balletto. Ne era passato di tempo dall'ultima volta in cui, come un orgoglioso direttore del circo, aveva introdotto qualcuno nel suo mondo, divenendo ancora più consapevole della sua magia e dei suoi lustrini.

«E il primo amore?» domandò la donna.

«Arriverà. Insieme alla prima delusione.»

«E dopo, un nuovo amore?»

«È una sorpresa, non voglio rovinarti la suspense.» Florian guardò il palco e alzò la voce. «Grazie, Irina. Ottimo lavoro! Ho fatto registrare tutto dal punto di vista tecnico, la prossima volta vediamo i movimenti.» Florian si alzò e si rivolse a Marie. «Ora potremmo prenderci un caffè e parlare di come salvare il mio matrimonio. Ammesso ci sia ancora qualcosa da salvare. Hai trovato niente che faccia al caso mio?»

Sì, Marie lo aveva trovato. Ed era combattuta, non sapeva se dirglielo o meno. Perché sembrava poter funzionare sul serio: avrebbero dovuto ricordare i momenti belli, appuntarsi ciò che amavano di più l'uno dell'altra, darsi appuntamento e fare insieme cose piacevoli senza discutere dei loro problemi. Marie decise infine di parlarne con Florian senza nascondergli niente. Desiderava quell'uomo, ma non al punto da prenderselo con stratagemmi meschini. Un inganno del genere avrebbe significato la morte sul nascere di ogni rapporto. Gli avrebbe messo davanti le sue opzioni, poi sarebbe stato lui a scegliere.

Seguendo Florian per i corridoi sino alla caffetteria, Marie si meravigliò di quanto velocemente fosse cresciuto il suo affetto per quell'uomo. Forse perché aveva soffocato a lungo i suoi sentimenti, in fin dei conti Florian gli era apparso assolutamente inarrivabile, ai tempi della scuola e in quel momento come vicino di casa. Marie percepì i sentimenti che provava per lui come una di quelle piante che spuntano in un lampo dal terreno, guizzando in alto all'improvviso e sbocciando immediatamente dopo. Era già a quel punto, e le riusciva così difficile nasconderlo.

«Mi faresti vedere il vostro appartamento?» domandò a Florian stringendosi a lui. «Così potrei farmi un'idea più precisa di Sofie e darti consigli più appropriati. In realtà la conosco soltanto come star del balletto. Le poche battute scambiate in lavanderia o per le scale non contano.»

«La mattina è sempre al panificio. Potresti venire a fare colazione da me, preparerò qualcosa di buono. Ti piacciono le uova strapazzate, la spremuta d'arancia e lo spumante?» Florian aprì la porta della caffetteria.

«Sì, sì, sì e sì.»

L'ultimo "sì" era riferito a Florian e al tempo da passare insieme. Ma non occorreva che lui lo sapesse. Fu comunque bello averlo detto, seppur nascosto fra le altre parole.

* * *

L'indomani mattina Giacomo era diverso, non soltanto taciturno, quello era il suo carattere, ma taciturno con Sofie. Lei non sapeva che quel giorno non aveva ancora aperto bocca né aveva cantato alcuna canzone di Modugno. Che il profumo del suo sapone al bergamotto non gli era sembrato così piacevole e che le piante della Calabria sul vialetto che portava al panificio non gli avevano suscitato alcun moto d'affetto.

«Giacomo?» disse Sofie, dopo aver riempito e acceso la grande impastatrice. «Tutto bene?»

La guardò. No, non andava bene. Guardò nella sua direzione, ma evitando di incrociarne lo sguardo. La mandibola ruminava come se avesse in bocca un pezzo di pane raffermo. «Quando finisci di lavorare qui?»

«Alla stessa ora di sempre. Perché me lo chiedi?»

«Non era quello che intendevo. Tu non ci vuoi stare qui.»

«Ma di cosa stai parlando?»

Tolse la farina dal piano di lavoro: mettere ordine lo aiutava a fare chiarezza. «Me lo ha confidato Anouk. Per te si tratta soltanto di ottenere i soldi dall'ufficio di collocamento.» Si riprese. Quella rivelazione gli aveva tolto il terreno da sotto ai piedi. «Allora vattene subito. Preferisco non aspettare. Il pane che rimane in forno troppo a lungo non migliora, diventa soltanto più scuro. E a un certo punto comincia ad avere un odore sgradevole. E io non voglio che questo succeda.»

Sofie avrebbe voluto prendergli il viso tra le mani e sollevarlo in modo tale che potesse guardarla negli occhi. Ma non osò farlo. Giacomo non se ne sarebbe nemmeno accorto, tanto era di malumore.

«Io non sono pane» disse rendendosi subito conto che quella frase non era sufficiente. «E poi non voglio andarmene.»

«Dunque vuoi dire che la piccola Anouk ha mentito?» Il fornaio era talmente alterato da non poter esprimere tutta la sua ira con una frase.

«No» rispose Sofie. «Certo che no. È vero che all'inizio volevo restare soltanto qualche giorno. Ma poi ho cambiato idea. È cambiato tutto.»

«Non voglio insegnarti tutto quello che so per poi vederti sparire.» Continuò a togliere la farina dal piano di lavoro nonostante fosse già pulito.

«Non succederà. Ti prego di credermi.»

Lui tacque.

«Adesso torno a occuparmi dell'impastatrice» disse Sofie. Non voleva che cambiasse niente, voleva semplicemente riprendere a lavorare. In quel piccolo panificio con Giacomo. «Perché ha quasi finito. Posso?»

«Va bene. L'impasto è lì che aspetta.»

«Lo so» rispose lei avvicinandosi alla macchina che girava. Tenne d'occhio il fornaio per tutto il tempo. Ci volle un po' prima che abbassasse le spalle tese e ritrovasse il suo solito slancio. Soltanto dopo aver grattato a dovere il mento di Motto, che alzava la testa per abbandonarsi a quel momento di piacere, sembrò in parte tornato quello di prima.

Ciononostante Sofie continuò a osservarlo. Modellava il pane prendendosi come sempre molto tempo, evidentemente più del necessario. Era l'unica attività in cui Sofie era più veloce di lui.

Di solito nel panificio si sentiva sempre qualcosa: le voci dei clienti nel negozio, la radio, l'impastatrice, gli spuzzi del vapore che si formava sull'impasto appena lo si infilava dentro, inumidendolo. Ma in quel momento c'era un gran silenzio, e in quel silenzio si levò all'improvviso un canto a voce bassa.

Sofie andò piano piano dietro a Giacomo. Motto drizzò le orecchie e la guardò incuriosita. Svelta, Sofie si portò un dito alle labbra. Il bassotto capì e piegò la testa di lato rimanendo in silenzio. Lei si sporse un altro po' in avanti quasi sfiorando la schiena dell'uomo. Come per magia la musica sollecitò la ballerina che era in lei, e così non poté sottrarsi al suo richiamo. Era un motivetto semplice e melodico, come una canzone d'altri tempi, con parole sia in italiano sia in tedesco, ma lei non conosceva né il testo né la musica.

Alitò involontariamente sulla nuca di Giacomo.

Lui si voltò sbattendo le palpebre come se fosse stato appena svegliato da un sogno.

«Cosa stavi cantando?»

«È il mio segreto» si affrettò a rispondere. «Non voglio parlarne, okay? Ti prego.»

«Era una melodia molto bella.»

Giacomo annuì. «Ed è anche una bella canzone. Scritta per una bella donna.»

«Oh» disse Sofie arretrando. «Una cliente?»

Il fornaio andò al vecchio drago e ci guardò dentro. La cottura dei panini di farro procedeva bene, stavano lievitando. Con il vapore si sarebbe formata una crosta croccante.

«Giacomo? Perché non mi racconti?»

«Certe cose richiedono tempo. È come per l'impasto.»

«Sapevo che avresti tirato in ballo l'impasto!»

Lui si voltò. «Ma è davvero così. Un impasto ha bisogno di tempo per lievitare, per crescere insomma. Non si può accelerarne il processo. O meglio, si può, è quel che fanno le grandi aziende ricorrendo a ogni sorta di trucco e stratagemma. Così quello cresce in fretta, ma non sarà mai buono.»

«Stai sviando!»

«No.» Imbarazzato, Giacomo si raddrizzò il colletto della giacca da fornaio. «Ti sto soltanto insegnando qualcosa perché è mio compito farlo. Chi fa il pane deve imparare ad avere pazienza. E chi ha imparato ad avere pazienza, sa anche gestire la propria vita. Tutto oggigiorno diventa sempre più veloce, ma non per questo migliora.» Si avvicinò a lei. «Fare il pane significa saper aspettare. Il lavoro più importante non lo sbrighi tu, lo fa per primo l'impasto e poi il forno. Tu lavori l'impasto, ma sei anche spettatore del tuo lavoro, non è tutto in mano tua. Così come nella vita, non trovi?»

«E quando mi dirai il tuo segreto?» Sofie si accorse che la divertiva pressarlo un po'.

«Magari domani.» Lui si lisciò il grembiule. «Oppure dopodomani. Si vedrà.»

«Però me lo dici, vero?»

Giacomo era bravo a mantenere i segreti, era diventata una cosa normale per lui. D'altronde, per molti anni non li aveva rivelati a nessuno.

«Se fra qualche tempo sarai ancora qui, allora te lo confiderò.»

«Ti do... sette giorni» disse Sofie assestandogli per scherzo una gomitata nel fianco. Sapeva che Giacomo non avrebbe ceduto, se non di sua spontanea volontà. Ma ci poteva pur sempre provare.

Le avrebbe rivelato il suo segreto non appena i tempi fossero stati maturi. Sembrava che andasse così per tutto, come se lui fosse un albero e i suoi pensieri frutti che crescevano molto in alto. Non li si poteva cogliere, bisognava soltanto aspettare che cadessero in grembo.

* * *

I giorni seguenti volarono via. A Sofie sembrò quasi di aver passato tutto il tempo al panificio. Le ore trascorse a casa, dalla sorella o a fare compere, le sembrarono quasi sogni a occhi aperti che niente avevano a che fare con la sua realtà quotidiana. Ne fecero parte anche i tentativi di Florian di salvare il loro matrimonio. Lui si era appuntato cosa amava di lei, e le chiese di fare altrettanto. Aveva realizzato un album con foto di loro due insieme nei periodi in cui erano stati felici, tralasciando persino tutto ciò che era associato al ballo. La portò a cena fuori in quel ristorante elegante in cui all'epoca avevano festeggiato il loro fidanzamento, e al mare in un hotel benessere (con reparto sauna e massaggi!). Aveva fatto anche progetti per la fiera che si teneva in città in quel periodo, con tanto di galleria degli orrori e zucchero filato. Ma a Sofie interessava soltanto fare il pane per scoprire il segreto di Giacomo.

* * *

MARTEDÌ

Poco dopo mezzogiorno suonò la campanella del negozio e una voce ben nota a Sofie chiese: «Il pane qui è già benedetto?».

Con sorprendente rapidità Giacomo si precipitò davanti al bancone e offrì alla sua recente conoscenza parrocchiale un lecca-lecca alla ciliegia prima che Elsa potesse offendere la piccola Madonna. Sofie si pulì subito le mani sul grembiule e, dopo essersi ravviata i capelli alla meno peggio, gli andò dietro. Abbracciò Franziska e Anouk, ignorando in modo plateale il brontolio di Elsa.

«Che bello che siate venute a trovarmi!» Dette ad Anouk un altro lecca-lecca e, quando Franziska mise il broncio, ne dette uno anche a sua sorella.

Poi si occupò lei stessa di servirle. Non ci fu tempo per molto altro, perché i clienti erano in fila ad aspettare, e il brontolio di Elsa si faceva sempre più forte.

«Con i bambini è un po' come con l'impasto» disse Giacomo quando lui e Sofie tornarono in laboratorio.

«Adesso smettila, però. In questo caso non ci sono paragoni che tengano!»

Il fornaio alzò l'indice. «All'inizio sono entrambi incompiuti.»

Lei annuì, dandogli ragione. «Complimenti. Ma il paragone non regge oltre.»

Giacomo indicò le mani di Sofie. «Ti restano appiccicati, non vogliono lasciarti. Staccarli con la forza significa guastarne l'anima, così come avviene per l'impasto. Ma se dai loro il tempo necessario, se li riempi di amore e premure, allora crescono, e sono loro a lasciarti, non appena si sentono davvero pronti per il mondo.»

«Ovvero il forno.» Sofie non poté trattenersi dal ridere.

«Che cos'altro è la vita, se non un forno che ci cuoce a fuoco lento?»

«A proposito di forni» disse lei. «Oggi mi dirai il tuo segreto?»

Giacomo tacque.

* * *

MERCOLEDÌ

Sofie si accorse che il suo corpo stava cambiando. Alcuni muscoli si rafforzarono, altri regredirono. La ballerina si andava lentamente trasformando in fornaia.

«I cambiamenti un po' mi spaventano» confessò lei durante la breve pausa che si concessero davanti alla porta del laboratorio per bere un cappuccino sotto i primi timidi raggi del sole. «E sento che mi servirebbe un corpo più giovane. Più elastico.» Sofie fece un sorriso un po' sconsolato.

«La vita è come...» iniziò a dire Giacomo.

«Non come il pane, ti prego!» Scosse il capo divertita.

«Ma è così» ribatté lui. «Vuoi starmi a sentire?»

«Volentieri.» Era quel che faceva sempre.

«Il pane fresco è croccante ed elastico. Piano piano si ammorbidisce, ma il gusto diventa più intenso.» Alzò le sopracciglia. «C'è chi non apprezza e continua a preferire quello croccante, ma il pane vecchio ha più profondità! Col passare del tempo, però, diventa duro e bisogna avere i denti buoni.»

Sofie rise e aprì la porta del laboratorio, perché era ora di rientrare. «Non dicevi sul serio riguardo i denti.»

«Certo. È proprio così.» Giacomo mise la sua tazza nel lavello e si avvicinò ai panini pronti sulle teglie nel carrello di metallo. Ne accarezzò uno con una crosta stupenda e lucida come il marmo.

«So che stai ridendo sotto i baffi, perché il mio mondo è così piccolo e fatto soltanto di pane.»

«No, io...»

«Ma sai, è un po' come il corpo umano.» Sorrise fra sé. «E voglio farti un altro paragone con il pane. Forse dovrei limitarmi a uno al giorno. Del resto, nella vita si tratta sempre di trovare la giusta misura.»

Sofie gli posò una mano sul braccio. «Continua a farli, ti prego, mi piace così tanto sentire i tuoi paragoni.»

«Sul serio?»

«Sì, sul serio.»

Gli luccicavano gli occhi per la felicità quando si passò una mano fra i capelli. «Sai, ogni cellula porta in sé il progetto dell'intero corpo umano. Non è incredibile?»

«Sì, è davvero incredibile.»

«E sai cosa credo? Che tutto ciò che facciamo, ogni attività in cui mettiamo l'anima, porti con sé il progetto di quella che sarà la nostra vita. Dobbiamo soltanto stare a guardare! Se io facessi il muratore, parlerei esclusivamente di mattoni. E di sicuro anche tu prima non facevi altro che parlare di danza, no?»

Sofie si guardò i piedi. «Non ho mai pensato a ciò che facevo. L'ho fatto e basta. Mi sembrava giusto così. Come se fossi sempre stata nel posto in cui dovevo essere.»

«È un bel lusso. La maggior parte di noi pensa sempre che esista un posto migliore, un lavoro più idoneo, un partner di cui essere più innamorati, forse persino un Paese straniero in cui vivere meglio.»

Lei abbassò la voce. «E tu? Ti senti nel posto giusto?»

«Se lo chiedi al nostro pane, allora sì. Perché senza di me non esisterebbe affatto!» Giacomo fece un sorriso eloquente e altrettanto enigmatico. «Anche se sentissi di non essere nel posto giusto, lo sarei in ogni caso per molti dei miei clienti. E questa è più che una semplice consolazione. Ha tutta l'aria di chiamarsi destino.»

Lo guardò a lungo. «Sei proprio sicuro di non essere un filosofo?»

Lui scosse la testa risoluto. «Sono soltanto un uomo

che riflette sul pane. Ce l'ho sotto gli occhi tutto il giorno.»

Sofie pensò a certa gente che, pur avendo gli alberi sotto gli occhi una vita intera, non pensava mai al vento che ci passava in mezzo.

«Che cos'altro posso fare?» disse il fornaio tornando al suo impasto.

«Dovresti svelarmi il tuo segreto!»

Giacomo tacque.

* * *

GIOVEDÌ

Fra le parti del corpo di Sofie che stavano cambiando c'era anche il naso, o meglio il suo olfatto. Se qualche settimana prima le avessero chiesto che odore aveva la farina, lei avrebbe risposto: assolutamente nessuno. Come l'acqua che non sapeva di niente.

Ma le cose ormai erano cambiate.

Sapeva addirittura riconoscere quali sacchi di farina apriva Giacomo.

«Questa è la mia qualità preferita» dichiarò quando lui prese un po' della farina appena macinata nel piccolo mulino del villaggio confinante. Profumava quasi di fiori.

«La farina è la cosa più importante» disse Giacomo. «Il segreto di un buon pane sta nella farina.»

«E nell'amore» aggiunse Sofie. «Oltre che nel tempo. Devi lasciare molto tempo all'impasto.»

«Alla farina cattiva puoi dare tutto il tempo e l'amore del mondo, non ne verrà mai fuori niente di buono. Ma sono la seconda e la terza cosa più importante.»

«E qual è la quarta?» domandò lei.

«La grandezza!» Giacomo prese un panetto e non si accorse che la donna dovette soffocare una risata. «Il pane cambia sapore in base alla grandezza.»

«Addirittura» disse Sofie cercando di controllarsi.

Poi dall'impasto con cui il fornaio preparava le sue famose baguette ricavò subito sette forme. Oltre alla baguette c'erano il *flûte*, che aveva esattamente lo stesso peso di una classica baguette, ma era lungo il doppio e spesso la metà. Il *pain*, lungo quanto una baguette, ma più alto, la *ficelle*, il "filo", che pesava la metà di una baguette ma con la stessa lunghezza. E poi il *tiers*, una specie di panino, la *boule*, la cosiddetta palla di impasto, e infine il *bâtard*, una grossa palla con l'impasto avanzato. Il rapporto fra la crosta e la mollica a pori grossi variava in base alla forma.

Più tardi, dopo aver sfornato tutte quelle diverse specie di pane con la pala grossa – non lo lasciava fare a Sofie –, lei dovette assaggiarli.

Dando dei bei morsi.

Masticando a lungo.

Chiudendo gli occhi.

Facendo paragoni.

Le papille gustative di Sofie si erano finalmente affinate dopo tutti quei giorni trascorsi in panificio e tutti gli assaggi fatti, e di sfumature da cogliere ce n'erano in abbondanza. Non soltanto ogni pane aveva un sapore diverso per le differenti proporzioni di mollica e di crosta, ma ce n'erano anche di più dolci e più amari, di più ariosi e più compatti.

«La quantità giusta è decisiva.» Giacomo spezzò il *flûte*. «Non ho molti pregi, ma l'abilità nelle mani, quella non mi manca.»

«E nemmeno un buon cuore!»

«Ah, il cuore.» Si schermì con un gesto e proseguì a parlare con la bocca piena. «Credo che tutti quanti nasciamo con un cuore buono. Ma in certe persone si rovina molto presto. Sai, il battito del cuore funziona correttamente quando altri cuori battono per lui.» D'un tratto ci fu silenzio assoluto. «Purtroppo è così.» Dopo di che, senza aggiungere altro, andò all'aria aperta.

Sofie non osò andargli dietro per chiedergli di rivelarle il suo segreto.

* * *

VENERDÌ

Alla domanda su quale fosse il ballerino migliore che avesse mai conosciuto, Sofie rispondeva sempre suo padre. Nessuno aveva mai visto in lui un ballerino, men che meno lui stesso, essendo un uomo di costituzione robusta e in sovrappeso. Ma quando sentiva la musica alla radio, metteva da parte tutte le preoccupazioni allo stesso modo in cui un cavallo da soma si liberava dei pesanti finimenti, e iniziava a ballare. Non un valzer o un balletto con piroette e salti. Ballava mentre lavava i piatti, mentre tagliava le cipolle e le lasciava appassire in padella. Ogni movimento diventava un passo di danza. Sofie non aveva mai osato rivolgergli la parola in quei momenti, nemmeno quando si sedeva a tavola affamata e non vedeva l'ora di mangiare le sue patate arrosto. Quei momenti appartenevano soltanto a suo padre, che lei adorava.

Giacomo non ballava come suo padre, si muoveva a modo suo, ancheggiando di più, con più slancio, il tutto ovviamente con piccoli passi. Era più un accenno che una danza vera e propria, un po' come se il corpo si muovesse nel sonno quando uno sognava di ballare, o come le zampe di Motto quando in sogno dava la caccia alle lepri nei pascoli.

A volte lo sentiva anche cantare a bassa voce. Ma quando gli si avvicinava per distinguere le parole in quel mare di suoni, lui smetteva subito, ormai concentrato soltanto sulla sua vicinanza.

Quando Sofie prese la giacca dall'appendiabiti per tornarsene a casa, si girò un'ultima volta e lo guardò con aria interrogativa.

«Non ancora» disse lui.

«Presto, però.»

Giacomo non rispose. Ma quel giorno per la prima volta accennò un sorriso.

* * *

SABATO

«Lavora l'impasto» disse Giacomo avvicinandosi a Sofie.

«È quello che sto facendo.»

«Il pane non si fa così.»

«Non capisco.»

«È come quando si cammina. C'è chi, con qualche indugio, fa un passo alla volta, chi invece cammina di gran lena in vista di una meta da raggiungere. Non è il camminare in sé, è la diversa percezione che se ne ha. Fai il pane!»

Quando Sofie toccò di nuovo l'impasto, non pensò più a ciò che era ma al pane che sarebbe diventato. Mentre impastava, già lo vedeva venir fuori dal forno profumato e invitante. Cosa facesse ora di diverso Sofie non sarebbe stata in grado di dirlo, ma di colpo sembrava andare meglio.

A un tratto qualcosa le sfiorò la gamba. Quando abbassò lo sguardo, vide Motto che le si strofinava contro.

Sofie avrebbe voluto accarezzare il bassotto, ma aveva le mani piene di farina e impasto appiccicato tra le dita.

«Grazie, Motto» disse. «Non sai quanto tu mi stia rendendo orgogliosa!»

Quando alzò gli occhi, vide che Giacomo aveva osservato sia lei sia Motto.

«È arrivato il momento?»

Giacomo tacque.

Ma Sofie ebbe l'impressione che il volume del suo silenzio non fosse mai stato così alto come quel giorno.

* * *

Sofie era seduta a braccia conserte sul grande piano di lavoro, decisa a non alzare nemmeno un dito. La sera prima con Florian era stata... sgradevole. Da qualunque manuale obsoleto avesse tratto quelle strane idee su come salvare il loro matrimonio, non stavano affatto funzionando. Aveva trovato sparsi sul pavimento petali di rosa che portavano in camera da letto. Canzoni di Barry White in sottofondo. Aveva persino spruzzato nell'appartamento quantità eccessive del suo profumo preferito e messo un interruttore dimmer alla lampada da comodino per creare atmosfera. Che poteva esserci di più romantico? Non erano cose da lui, il che contribuiva a farglielo sentire ancora più estraneo.

Sofie non ce la faceva più a sopportare quell'estraneità.

Avendo una chiave del panificio, si era portata da casa la biancheria da letto e aveva attraversato il villaggio di notte ispirandosi a Motto. Aveva dormito come il bassotto accanto al forno che, anche a tarda ora, aveva mantenuto un po' del suo calore rilasciandolo prontamente.

Sofie, sveglia ancor prima dell'arrivo di Giacomo, prese una decisione. Doveva mettere le cose in chiaro, a casa e anche sul posto di lavoro. Ormai ci aveva riflettuto abbastanza a lungo. Sul fornaio avrebbe riversato ingiustamente un po' della rabbia che nutriva per Florian, ma le stava bene così. Le piaceva molto essere arrabbiata in quel momento.

Quando la porta si aprì, Giacomo si meravigliò di non essere arrivato per primo e di trovarla seduta sul piano di lavoro, i capelli legati alla meno peggio in una treccia.

«Buongiorno, Sofie» disse salutandola. «Perché sei già qui?»

«Tu parli sempre di fiducia» esordì. Era la prima frase del discorso che si era preparata.

«Sì, la fiducia è molto importante!»

«Parli della fiducia che riponi nella tua farina, nell'impasto, nel vecchio drago e nelle tue ricette.»

«È tutto vero, sì.» Giacomo si avvicinò alle tre foto incorniciate su cui si era depositato uno strato di farina, e che sembravano perciò finestre in inverno. Come d'abitudine le ripulì per bene.

«Soltanto in me non riponi alcuna fiducia!» Le si ingrossò la vena sul collo.

«Ma certo che mi fido anche di te. E persino molto!»

«Allora perché non mi dici finalmente cosa canti mentre fai il pane? È tutta la settimana che aspetto. Perché ne fai un affare di stato? E non venirmi a dire che non ha importanza, altrimenti non starei qui a farla tanto lunga. *È* importante.»

Giacomo ripiegò ordinatamente il canovaccio, poi si sedette accanto a lei sul piano di lavoro. Non voleva sedersi lì, perché quello era il posto dell'impasto, ma nemmeno rispondere in piedi. Voleva stare seduto accanto a Sofie, completamente rilassato, come facevano gli amici quando chiacchieravano fra loro. Soltanto dopo qualche respiro profondo riprese a parlare.

«Mi dispiace. Ma mi riesce così difficile parlarne. Sai, è davvero molto personale.»

«Lo so, ma anche il nostro rapporto è personale, no? Siamo molto più che semplici colleghi di lavoro, siamo amici. O almeno era quel che pensavo...»

«Certo che lo siamo!»

«Allora racconta. Prenditi tutto il tempo che ti serve.»

Lui dovette fare altri respiri profondi prima di sentirsi davvero pronto. L'intera faccenda lo metteva un po' in imbarazzo. Una volta condiviso, quello non sarebbe più stato il suo segreto. E a quel punto non si tornava più indietro.

Sofie lo sollecitò in modo provocatorio. «Avanti. Dài che puoi farcela.»

Giacomo sospirò. «Ha a che fare con quello che canto. Mentre faccio il pane.»

«E perché canti così, a bassa voce? Non riesco mai a capire niente.»

«Non canto per te.»

«Canti per l'impasto?»

Irrequieto scivolava avanti e indietro sul piano. «No, non direi.»

«Il tuo pane viene così buono perché canti? È questo il tuo segreto?»

«Suona così assurdo a dirlo. Devo farti vedere una cosa, vieni con me.» Si avvicinò al carrello in metallo con sopra alcune pagnotte a doppia cottura che, essendo state passate in forno due volte, avevano ottenuto una crosta particolarmente aromatica. Il giorno prima purtroppo erano rimaste invendute, e così le avrebbero offerte a metà prezzo. «Quella a destra era per la famiglia Wabnitz, quella accanto per Oliver Schmidt, seguono poi la signora von Strachwitz e il signor Bergmeier.»

«Sembrano tutte uguali.»

Giacomo assentì. «I nostri occhi ci ingannano tutta la vita. Nessun senso ci gioca brutti scherzi come la vista. Il gusto è molto più affidabile. Vuoi sapere perché? Perché è importante per la sopravvivenza. Chi assume veleno, muore.» Spinse la teglia un po' in avanti. «Vorrebbero essere tutte uguali, ma in realtà non lo sono.»

«Grazie alla tua canzone?» domandò Sofie riluttante.

Lui annuì. «Proprio così. E tu hai perfettamente ragione: ti sei più che guadagnata il mio segreto.»

Poi sentì per la prima volta in modo nitido la voce di Giacomo. Fu anche la prima volta che lo vide cantare, che vide il movimento delle sue labbra, le oscillazioni della testa e l'espressione raggiante, sembrava quasi che stesse su un grande palcoscenico davanti a migliaia di spettatori.

Le lettere viaggiano per il mondo
Vedono deserti, mari, monti
Tu non viaggi mai con loro
Continui soltanto a sognare

Passò alla seconda strofa allargando le braccia.

E a volte
Affidi loro
Un bacio, affettuoso
E dici
Non mi dimenticate

Giacomo la osservò con sguardo timido. «Non ho mai detto che fossero belle canzoni. Ma la signora Schiller alla cassa del supermercato appare molto malinconica nei momenti in cui non si sente osservata. E quella canzone funziona.»

«Mi piace davvero molto! Ma ancora non capisco che c'entra tutto questo.» Indicò le pagnotte a doppia cottura identiche fra loro.

«All'inizio, mentre facevo il pane cantavo canzoni del grande Domenico Modugno.» Indicò una delle tre foto che aveva appena ripulito. Ritraeva il famoso cantante al Gran Premio Eurovisione della Canzone del 1958 con pantaloni neri, giacca chiara con ampio risvolto, papillon nero e braccia aperte come se la sua canzone fosse il dono più grande fra tutti.

«Cantavo ovviamente la sua inimitabile *Nel blu dipinto di blu*, *Addio... addio* oppure *Dio, come ti amo*. E il pane veniva più buono. Era comunque la stessa farina, la stessa acqua, lo stesso lievito e la stessa ricetta di prima! Eppure intrisa della musica, dei versi e delle storie del grande Modugno. Ma non a tutti i clienti il pane piaceva di più, e così per loro ho provato con altre canzoni. A volte funzionava, ma non sempre. Poi ho iniziato a scegliere le canzoni in base alle persone. Con storie che sembravano scritte apposta per loro.»

Spalancò gli occhi. «E *boom!* Un'esplosione! Hanno gradito!»

Sofie se ne stava seduta a bocca aperta. «Tu sei tutto matto!»

«No! È tutto vero!» Sollevò il mento orgoglioso. «Quant'è vero che mi chiamo Giacomo Botura e che vengo dalla Calabria!»

Lei si avvicinò alle foto. «E di chi era quella meravigliosa melodia? Sempre di quel Modugno o di quell'altro lì?» Sofie indicò la foto accanto.

«Quello è Gennaro Gattuso, un calciatore. Gioca con la palla come fosse uno spartito musicale! E la donna stupenda della terza foto è mia nonna. Cucina come un compositore! Le melodie delle mie canzoni sono tutte di Modugno, il più grande in assoluto.»

Era una bugia. Molte delle sue canzoni erano ispirate a Modugno, ma con gli anni Giacomo le aveva adattate ai suoi clienti. Quelle che un tempo erano state melodie per tutta l'Italia, anzi per il mondo intero, lui le aveva trasformate in canzoni per un solo villaggio.

Sofie trovava davvero incredibile che quell'uomo, che aveva considerato un artigiano, fosse anche un artista. «Ma le storie che canti sono tutte...»

Il fornaio sorrise fiero indicando sé stesso. «Una per ogni cliente abituale! E quando all'improvviso non gradiscono più il mio pane, vuol dire che si è prodotto un cambiamento importante nella loro vita. Così è stato di recente per la signora Grünberg. Nel suo caso ho dovuto scoprire che cosa le fosse successo e cambiarne la storia. Adesso il mio pane le piace di nuovo, e la rende felice.»

Lei guardò in direzione del negozio. «Ma Elsa come fa a sapere di chi è il pane che vende? Sembrano tutti uguali.» Ne afferrò uno e lo guardò da tutti i lati. «Non ci incidi sopra il nome, e non ci sono biglietti. Elsa vende il pane prendendolo semplicemente a caso dall'espositore.»

«Vieni, così ti faccio vedere che anche i tuoi occhi ti ingannano.»

Ma Sofie si fermò giungendo le mani come per pregare. «Cantane ancora una. Ti prego!»

Giacomo era già a metà strada, ma si fermò. «E va bene. Ma soltanto una.»

«Sì. Una. E poi magari un'altra ancora.»

Stavolta cantò con un timbro più profondo, il ritmo era più lento, la melodia quasi ondeggiante.

Non perde una battuta
Ogni istante
Riempie di risate
È la sua musica, il suo credo, l'aria
Che respira
E lui lo sa
un clown che piange

a cena
aggiusta soltanto
il condimento

«Il signor Nittels!» gridò Sofie, come se fosse la concorrente di un quiz a premi. All'emporio della famiglia Nittels aveva avuto modo di sentire quante battute un solo uomo fosse in grado di fare in pochissimo tempo. Anche quando qualcuno gli raccontava qualcosa di triste.

«Ancora una, per favore!»

«L'ultima!»

«Certo.»

Il ritmo si fece più complicato, sembrava quasi incespicare, la melodia più malinconica.

Risate di bambini, lacrime di coccodrillo
In questo giardino crescono
Come frutti colorati, cangianti, turgidi
Tu lì in mezzo, il cuore aperto
Ma scura la perla all'interno
Fatta di tristezza

Sofie non dovette riflettere a lungo. «Marie Denka. La maestra dell'asilo...»

«Sì, è lei.»

Andò da Giacomo e lo strinse in un lungo abbraccio. «È folle, ma anche meraviglioso. Queste storie sono davvero un ingrediente speciale.»

A Giacomo si incrinò a un tratto la voce. «Non siamo forse fatti tutti quanti di storie? Non sono quelle che ci plasmano? Tutto ciò che viviamo e come ce lo raccontiamo? Cosa saremmo senza le nostre storie?» La sua voce apparve ancora più rotta. «Possiamo soltanto sperare di esser fatti di belle storie. E di poter contribuire a scriverle.»

«Le tue storie sono belle?» domandò all'improvviso Sofie, molto seria.

«Non sono poi tante» rispose il fornaio. «E in parti uguali sono meravigliose ed estremamente tristi. A contarle, in realtà, sono di più quelle tristi. Le storie belle, però, lo sono a tal punto da compensare le altre. Ma non ne parliamo adesso. Vieni, c'è un'altra cosa che voglio farti vedere.»

Giacomo percorse il corridoio stretto sino al negozio, dove accese la luce. «Noti niente?»

Perlustrò la stanza, come se fosse una di quelle immagini con gli oggetti nascosti che tanto le piacevano da bambina. Ma tutto sembrava come sempre.

«Guarda meglio» le disse. «Il legno dell'espositore!»

Sofie non vide niente. Ma non appena si chinò preoccupandosi di non fare ombra, ci fece caso. Sul legno erano scritte a lapis alcune lettere. A volte solo una W, a volte un Be, poi un Haa.

«Le iniziali dei cognomi!» esclamò di getto. E istintivamente cercò il suo nome, pur sapendo di non essere una cliente abituale del panificio. «Devi fare anche un pane con la mia storia!»

Squillò il telefono. Che in genere non squillava mai. Sofie lo interpretò come un brutto segno, perché Giacomo si irrigidì tutto. Prese la cornetta con la stessa cautela con cui si afferrava il manico rovente di una padella rimasta troppo a lungo sui fornelli.

«Panificio Johannes Pape & Figlio.»

«Sono malata» disse Elsa. «Dovete arrangiarvi senza di me.»

«Rimettiti...» "Presto", avrebbe voluto aggiungere Giacomo, ma la donna aveva già riagganciato.

«Oggi siamo soli» le comunicò il fornaio, accorgendosi che la frase non era corretta. Grazie a Sofie finalmente non era più solo. Con una persona come Elsa, che faceva come se lui non ci fosse, stare in un panificio era peggio che essere soli.

Giacomo si occupò della vendita, perché soltanto lui conosceva tutti i clienti. Sofie dovette dunque accollarsi il laboratorio, chiamandolo di tanto in tanto, quando proprio non sapeva come andare avanti. Alla fine della giornata erano entrambi esausti ma felici. Ce l'avevano fatta. Anche se senza Motto davanti al forno non era stato lo stesso.

Nessuno dei due si era accorto che Elsa si era presentata lì fuori più volte (con Motto al guinzaglio), per dare un'occhiata dentro al negozio e al laboratorio. Alla donna aveva fatto molto male vedere come i due se la cavassero brillantemente anche senza di lei, e come i clienti ne uscissero felici.

Funzionava meglio in sua assenza.

In fin dei conti non era nient'altro che un elemento di disturbo.

Per tutti, lì dentro.

E c'era qualcun altro, quel giorno, che era passato di lì inosservato e aveva dato una sbirciatina all'interno del panificio.

Era Florian, che vide Sofie raggiante portare in negozio il pane e i panini. Sembrava felice come in passato, quando si erano conosciuti. Era meraviglioso vederla così, e al tempo stesso doloroso, perché lui ebbe come l'impressione che Sofie fosse ormai passata sull'altra sponda del fiume, e che lui non l'avrebbe più raggiunta. Il mazzo di fiori primaverili che aveva in mano finì in uno dei cassonetti dell'immondizia.

* * *

Quel pomeriggio Giacomo partì in bicicletta per portare a Elsa del pane in un cestino di rafia (sentendosi un po' come Cappuccetto rosso in cammino verso la casetta della nonna). La donna viveva da sola nella casa dei genitori morti ormai da molto tempo, e che era stata costruita per una famiglia di sei persone. Assomigliava al vestito di una donna corpulenta che si era poi afflosciato perché dimagrita.

Giacomo suonò il campanello, pur sapendo che Elsa non avrebbe aperto. Ma avrebbe sentito e saputo che era passato da lei.

Oltre al pane il giorno dopo le portò anche una salsiccia Curva Dolce particolarmente speziata, dal sapore eccezionale, che lo rimetteva sempre in forze quand'era a corto di energie.

Il terzo giorno aggiunse persino una bottiglia di Primitivo. E sei scatolette per Motto, le più costose che aveva trovato al supermercato, con un pastore tedesco sull'etichetta che riusciva a sorridere mentre si leccava i baffi. Stavolta Giacomo fece il giro della grande casa e guardò in giardino, composto quasi esclusivamente dal prato e qualche cespuglio sempreverde. Motto era lì che dormiva su un masso. Osservò a lungo la cagnolina girarsi e rigirarsi, accoccolandosi sulla pietra ogni volta in maniera diversa senza mai trovare la posizione giusta né il calore del forno di cui sentiva evidentemente la mancanza.

Così non si poteva andare avanti.

Doveva chiamare la nonna. Rimontò subito in bicicletta e tornò al panificio. Entrò e fece il suo numero dal telefono del negozio. Dopo tre squilli rispose. Giacomo guardò il grande e vecchio orologio dietro al bancone. Tra poco i pescatori sarebbero tornati dal porto, non aveva molto tempo per parlare con lei.

«Nonna, sono io!» gridò come sempre nella cornetta, la nonna era infatti un'amante delle tradizioni.

«Gigi! Stavo giusto pensando a te. Perché il fornaio, lo conosci, Niccolò, è passato proprio ora davanti alla mia finestra. Voleva regalarmi del pane, ma io ho detto che mangio soltanto quello del mio Gigi, perché nessuno lo fa buono come lui!» Ovviamente non mangiava mai il pane di Giacomo, troppa strada per arrivare in Calabria. Lo comprava di nascosto al supermercato, affermando poi di mangiare quello del nipote. «Mi chiami di nuovo per quella giovane donna?»

«No, stavolta si tratta di quella anziana.»

La donna rise. «Se è come tua nonna, allora c'è soltanto una persona che può risolvere il problema: lei stessa.»

Elsa non era affatto come la nonna. Una guardava il mondo con amore, l'altra con disgusto.

«Si tratta di Elsa.»

«Oh, Gigi...» Ovviamente conosceva la loro storia.

«Si è data malata e non viene più. Ma l'ho vista in casa sua dalla finestra, e non sembrava affatto malata. Voglio che torni da me.»

«Pensi che sia a causa della giovane donna? A nessuno piace venir rimpiazzati. Magari vorrebbe che tu mandassi via l'altra?»

«Ma nonna, non sarebbe giusto.»

«Chi ha mai detto che la vita è giusta? Lo sai molto meglio di me.»

Giacomo tacque.

«Non intendi mandar via la giovane donna, e va bene così. Ti ci sei affezionato. Ci ho sperato tanto per te, piccolo Gigi. Non fa bene stare soli.»

«Ma nonna, io...»

«Fai finire di parlare tua nonna! Chissà quanto tempo le resta.»

«Sì, nonna, scusami. Vai avanti, ti prego.»

«E va bene. Adesso, però, ascoltami attentamente: lascia andare Elsa, lasciala libera. L'hai tenuta legata sin troppo a lungo. Anche se volevi soltanto il meglio per lei. Ma a volte il meglio non è quello che ci vuole. Forse tornerà da te, o forse no, ma sta comunque a lei decidere. *Arrivano i pescatori!*» A Giacomo sembrò di vederla, come si raddrizzava e si dava pizzicotti sulle guance per farle diventare più rosse. «A presto, piccolo Gigi. Sii forte! Ti sei già fatto le ossa ormai.»

Il giorno dopo Giacomo non portò più niente da mangiare a Elsa.

Soltanto per Motto mise una grossa ciotola di leccornie in giardino, al di là del recinto. E una coperta calda dello stesso colore del forno.

5

La mollica

Negli ultimi anni Giacomo aveva parlato più che altro con Motto, che sapeva ascoltare con interesse e pazienza, anche se tendeva di tanto in tanto ad appisolarsi. Ma i cani avevano il dono di dormire con un orecchio sempre attento. Per questo lui continuava a parlare con il bassotto anche quando se ne stava tutto rannicchiato davanti al forno con gli occhi chiusi.

Oltre che con il cane aveva parlato soprattutto con la foto sopra la credenza del suo appartamento che presentava un nastro nero nell'angolo in basso a destra. In base a quanto significava per lui avrebbe dovuto trovarsi nel panificio, ed essere molto più grande delle foto di Domenico Modugno, Gennaro Gattuso e persino di sua nonna. Ma quella foto era in ricordo di un lutto che non voleva condividere con nessuno. Non voleva sentirsi in dovere di dare spiegazioni al riguardo, soprattutto ai fornitori che consegnavano la farina, i sacchetti per il pane o i ciocchi di legno, e che potevano scorgerla anche soltanto per caso. Con l'aiuto di quella foto affrontava le grandi questioni della vita, quelle importanti. Ecco perché in quel periodo ci parlava così spesso.

Il fornaio ci si era consultato a lungo anche in merito alla canzone che voleva comporre per Sofie. Magari l'avrebbe anche aiutata a trovare la sua strada. E Giacomo sperava innanzitutto che la portasse da lui, al panificio, e che fosse una strada ben tenuta e asfaltata, con lampioni e marciapiedi. Una strada in grado di durare decenni.

Quella mattina, quando percorse il sentiero di ghiaia fiancheggiato dalle piante della sua terra natia – il piccolo olivo, i tre tipi di peperoncini, la liquirizia, la melanzana Cima di viola piantata di recente e il fico d'India che non voleva maturare –, era così eccitato che, dopo essere entrato, dimenticò persino di spolverare Modugno, Gattuso e sua nonna. Per tutto il tempo aveva avuto sulle labbra i versi per Sofie.

Lei arrivò con un quarto d'ora di ritardo e non aveva una bella cera. Giacomo non poteva sapere che aveva appena litigato con Florian, il quale le aveva detto espressamente di essere ormai a corto di pazienza. Dopo i petali di rosa, le lettere, i regali e le faccende di casa che si era sobbarcato – soprattutto quelle che di norma evitava, come la pulizia completa del bagno – quasi non aveva più le forze per un altro tentativo.

Giacomo dette la colpa dell'umor nero di Sofie al pane che non le aveva ancora preparato. Ma la situazione sarebbe presto cambiata.

Lei rimase stupita del gran sorriso con cui la salutò. Iniziò a sbrigare quelli che erano ormai diventati i suoi compiti (con l'aggiunta di qualcuno in più, da quando Elsa aveva smesso di venire). Doveva andare a prendere la farina nel garage, che fungeva da magazzino, preparare l'impasto e versarlo nelle macchine che con i loro ganci lo avrebbero fatto piroettare ripetutamente. Mentre stava pesando il sale, Giacomo le andò accanto con una teglia da forno e sopra un pane ancora caldo.

«Assaggia!»

«Devo ancora lavorare l'impasto...»

«Assaggia! Il pane aspetta!» Le fece l'occhiolino.

Le dita di Sofie si stavano ormai abituando a toccare il pane caldo, e così ne staccò un pezzo, passandoselo poi da una mano all'altra per raffreddarlo mentre continuava a soffiarci sopra.

Giacomo la guardò come se stesse per aprirsi il sipario, e con le luci abbassate apparisse sullo schermo il suo film preferito. Le aveva fatto assaggiare il pane tutti i giorni da quando aveva iniziato a lavorare lì, ma lui non le era mai stato davanti in quel modo mentre lo faceva.

Quel pane era... assolutamente squisito!

La fece subito sorridere. Lo trovò davvero gustoso, ricco di aromi che si adattavano perfettamente alle sue papille gustative.

Sofie guardò Giacomo con gli occhi spalancati.

«Questo è… *il mio* pane?»

«Il tuo. Soltanto il tuo.»

Ne staccò un altro pezzo e, nonostante fosse ancora molto caldo, se lo infilò subito in bocca. Era da tanto che non si sentiva così tranquilla e protetta. «Cosa hai cantato mentre lo facevi?» domandò con la bocca piena.

«È un segreto» rispose il fornaio, felice di vederla al settimo cielo. Era proprio vero: la felicità era l'unica cosa che raddoppiava quando veniva condivisa. «Soltanto il pane lo sa.»

«Devi dirmelo!» Sofie incrociò le braccia dietro la schiena. «Altrimenti non ti stringerò più la mano.»

Giacomo voleva giusto punzecchiarla un po'. Sapeva perfettamente che era curiosa di ascoltare la sua storia. O meglio, i quattro versi che aveva composto.

«Per te ho fatto persino le rime. Sebbene sia stato difficile.»

La melodia che gli era venuta in mente si ballava con estrema delicatezza, come in punta di piedi. Era un lento valzer viennese sul quale iniziò a cantare.

L'impasto danza al sole come una ballerina
Ma i piedi restano incollati al suolo
Se però all'acqua si aggiunge la farina
Anche Sofie trova poi il suo ruolo

Sofie lo guardò, poi corse subito alla porta perché le erano salite le lacrime agli occhi.

Giacomo non sapeva se fossero lacrime di gioia o di dolore, forse non lo sapevano neppure loro. Quando ritornò dentro dopo un po', asciugandosi le guance umide con il dorso della mano, gli gettò le braccia al collo e lo strinse forte a sé.

«Insegnami. Vorrei farlo anche per gli altri.»

Era proprio la frase che Giacomo aveva tanto sperato di sentirle pronunciare. Si mise con lei davanti al grande piano di lavoro come se fosse un banco di scuola dove spiegarle ogni cosa.

«Cominciamo subito?»

«Assolutamente!» Sofie prese un altro grosso pezzo del suo pane e se lo gustò masticando tutta soddisfatta.

«Ti ho già parlato dell'ingrediente chiamato amore, giusto?»

«Sì.»

«Ma non ti ho ancora detto tutto.» All'interno della farina sul piano disegnò un grande cuore. «L'amore è un ingrediente come la farina. Chi non se ne intende non sa che ne esistono vari tipi. E che ognuno si comporta in maniera diversa. C'è l'amore per il proprio mestiere, che si impasta facendo il pane.» Disegnò un pane nello strato di farina. «E c'è l'amore per la propria vita, e anche quello diventa poi gustoso.» Disegnò un omino con un sorriso enorme e un basco in testa e ci scrisse sopra *Giacomo*. «Un pane così è il migliore che tu possa aspettarti da un fornaio che non ti conosce di persona. E poi ci sono l'amore e l'affetto che si impastano per una persona. Come avviene per un genitore che prepara il pranzo per la famiglia pensando ai propri cari.» Giacomo sapeva tuttavia per esperienza che con certi piatti non importava quanto amore ci si mettesse dentro, venivano cattivi in ogni caso. Le sarde di sua nonna ne erano l'esempio più calzante in assoluto.

Per illustrare il concetto scarabocchiò una donna stilizzata con sopra la scritta *Sofie*. «Quando cucini o fai il pane per una persona speciale, lo fai in modo diverso. In realtà è semplicissimo e complicatissimo al tempo stesso. Le canzoni sono il mio modo di mettere amore nel pane che preparo.»

Sofie indicò i disegni nella farina ridendo sotto i baffi. «Sono felice che tu abbia fatto il fornaio e non il pittore.» Gli dette un buffetto sulla spalla per punzecchiarlo.

Giacomo si sentì un po' ferito, avendole appena confidato ciò che riteneva più importante in assoluto. Per tutto. Non soltanto per fare il pane. *Fallo con amore.* Non era facile. Bisognava imparare. Come un muscolo che andava allenato sin quando non era in grado di sollevare carichi pesanti.

«Capisco cosa vuoi dire» aggiunse Sofie disegnando un cuore accanto alla sua figura.

«Davvero? È importante, sai.»

«Sì.» Sofie fece un grosso cuore intorno a tutti i disegni.

Giacomo annuì soddisfatto. «Bene, allora adesso fai un pane per una persona che ami. E un altro per una con cui hai qualche problema. Prendi lo stesso impasto. E dagli la stessa forma.»

«Con il canto?»

«Con il sentimento. Tu sai ballare. Puoi saperlo soltanto tu. È il tuo pane.»

«Quale impasto scelgo?»

«Decidi tu. Oggi non avrai altro compito da svolgere. Penso io al resto.»

E così Giacomo si mise al lavoro. E si sforzò di non guardare troppo spesso il posto vuoto davanti al forno, che apparteneva a Motto.

Sofie decise di fare un pane per la donna che era un tempo, la stella del balletto acclamata sul palco della rinomata sala da concerto municipale. E uno per la donna che era diventata in seguito, quella che non ballava più, che non era più così amata. E che ancora non sapeva esattamente cosa fare della propria vita. Intraprendere il mestiere di fornaia era un'avventura, così come certa gente si rifugiava nelle relazioni per distrarsi dall'incertezza su come andare avanti. Lei stava vivendo una relazione bollente con il pane. Ma come in ogni relazione il momento più appassionante era all'inizio, in seguito i bollenti spiriti tendevano a raffreddarsi. La domanda era se in quella fase fosse possibile accendere la fiamma costante dell'amore, che non faceva bollire più niente ma che riscaldava comunque in modo piacevole.

Sofie scelse un impasto arioso di farina italiana che ben si adattava al suo vecchio io. Alla persona che era diventata in seguito si confaceva meglio un impasto di segale, più pesante e più rustico.

Durante il primo impasto pensò intensamente alla sua vecchia vita e durante il secondo a come l'aveva persa. Perché una nuova vita, in realtà, non c'era ancora. Soltanto pochi giorni intensi in cui il suo matrimonio aveva cominciato a sfasciarsi, come un impasto male amalgamato.

Più tardi, non senza una certa tensione, guardò in forno i due pani allungarsi e crescere a meraviglia.

Ma quando furono pronti, Sofie non osò assaggiarli.

Li posò in un angolo sul piano di lavoro e aspettò di aver ripulito tutto il laboratorio prima di dedicarsi finalmente alle sue creazioni.

«Saranno venuti buoni» disse Giacomo, spuntato all'improvviso accanto a lei.

«Credi davvero?» Sofie li guardò con occhio critico. Difficile capire quale fosse più grande. Ma erano indubbiamente tutti e due ben cotti. Croste croccanti e mollica altrettanto porosa.

«Ne sono assolutamente certo» rispose Giacomo accarezzandole la schiena per tranquillizzarla.

«E dài, su...»

Sofie fece attenzione a staccare da ciascuno lo stesso identico pezzetto. Per concentrarsi al massimo sul gusto e sulle sensazioni, chiuse gli occhi mentre li assaggiava.

«Come sono?» chiese Giacomo sempre accanto a lei.

Con nervosismo Sofie staccò un altro pezzo da entrambi.

Ma del secondo mangiò soltanto un angolino.

Poi lasciò cadere il resto con le mani che le tremavano.

Le tremava persino la voce.

«Hanno lo stesso identico sapore.»

* * *

Sofie non mise la sveglia per il giorno dopo. Voleva far decidere al destino se sarebbe tornata al lavoro per fare un altro tentativo. Aveva avuto una cocente delusione, e per di più non sapeva nemmeno spiegarsi cosa fosse andato storto. Già si vedeva come una vera fornaia, ma quell'autoritratto non era nient'altro che una ridicola imitazione.

Dato che rimase sveglia sino a tardi, fece in modo che la bottiglia di vino appena stappata continuasse a riempirsi d'aria, senza dare al destino una vera opportunità per svegliarla. Dopo essersi alzata alle nove e mezza avvisò Giacomo, al quale non intendeva mentire, dicendo che non si sentiva giusta. E che non si sarebbe sentita giusta nemmeno nei giorni successivi.

«Torna quando ti sentirai giusta» replicò lui. Dalla sua voce trapelò lo stupore per quello strano modo di esprimersi. Come si faceva a non sentirsi giusti? Ci si poteva forse sentire sbagliati?

Sofie telefonò a Franziska, pregandola di raggiungerla così da non doversene stare sola con i propri pensieri, che in quel momento la importunavano come un fastidioso stormo di cornacchie. Florian era impegnato con le prove alla sala da concerto, come quasi sempre in quell'ultimo periodo quando lei era a casa. Era felice di non vederlo, ma anche triste. Perché meno vedeva il Florian attuale, più si ricordava di quello di prima. Quello che non c'era più.

Per la sfortuna di Sofie, Franziska portò una bottiglia di spumante, perché anche lei aveva qualcosa da annegare nell'alcol (pur sapendo che non sarebbe servito a niente). Non si sedettero al tavolo della cucina, avevano bisogno del grande divano per togliersi le scarpe e stendere le gambe. Così si sentirono un po' come adolescenti con i classici problemi di quell'età.

«Non ce la faccio più» disse Franziska, dopo che ebbero brindato. «Devo fare qualcosa di diverso dal prendermi cura della Vergine Maria. Non fraintendermi, io adoro mia figlia, tantissimo. Anouk è un tesoro, un raggio di sole, davvero. Ma ho bisogno di conversazioni regolari con persone adulte.»

«Be', al panificio cerchiamo un aiuto per il negozio.»

Franziska si massaggiò il piede destro e distese le dita. «No, ho bisogno di un progetto, di qualcosa di mio.»

«E che ne sarà poi di Anouk?»

«Le troverò una tata. La sto già cercando.» Franziska si dedicò all'altro piede. «Adesso non domandarmi perché non l'ho chiesto a te.»

«E invece vorrei proprio saperlo.»

«Perché tu hai altro da fare, devi riprendere in mano la tua vita. Proprio come me. Sai cosa fa Anouk ultimamente?»

«Spero non stia imitando la crocifissione.»

Sofie bevve un altro sorso di spumante. Così che Franziska non dovesse bere da sola.

«Quando ti avvicini a lei a meno di dieci metri, ti benedice con l'acqua. Ce l'ha sempre a portata di mano nel suo piccolo thermos rosa. Benedice inoltre anche i cani e i gatti. Di bene in meglio! Presto saremo la famiglia più popolare del villaggio.»

Sofie non sorrise. Perché aveva deciso di fare qualcosa di spiacevole.

«Che cos'hai?» domandò Franziska.

«Ecco...»

«Sì?»

«C'è un lavoro alla sala da concerto. All'attrezzeria cercano qualcuno, in verità una costumista, ma sinora non si è candidato nessuno per il posto. E tu in qualità di sarta...»

Franziska lasciò il piede che non aveva fatto altro che maneggiare tutto il tempo, e in un moto di entusiasmo per aver appena trovato un futuro migliore la abbracciò. «Sei un tesoro! Un tesoro immenso!»

Sofie tacque sul perché sino ad allora non le avesse

detto niente, pur presagendo da tempo che Franziska fosse in cerca di un cambiamento. Il suo timore era che poi anche la sorella avrebbe fatto parte del microcosmo del balletto e le avrebbe parlato delle nuove ballerine di punta, compresa una certa Irina.

«Non hai ancora avuto il lavoro» disse Sofie riprendendo in mano il bicchiere di spumante.

«Mando subito un SMS a Florian perché metta una buona parola per me.»

Io di sicuro non posso più farlo, disse fra sé Sofie. *Non posso più mettere una buona parola per nessuno.*

* * *

Nei giorni successivi Sofie non chiamò né sua sorella né Giacomo. Non andava affatto fiera di averlo lasciato solo quando anche Elsa lo aveva piantato in asso. Tuttavia si sentiva come un grosso impasto che doveva essere coperto e fatto riposare.

Il pomeriggio del quarto giorno suonarono alla porta. Sofie non aspettava nessuno, non era nemmeno vestita per ricevere visite – indossava un'ampia camicia dismessa di Florian, leggings, pesanti calzini da casa –, e si decise infine ad aprire soltanto perché, dopo brevi intervalli, continuarono insistentemente a suonare senza mai smettere. Chiunque fosse, l'avrebbe sentita. Non aspettava altro che aggredire qualcuno!

Era Elsa.

Sofie lasciò perdere l'idea di sbraitare.

Attraverso la porta chiusa Giacomo aveva raccontato all'anziana donna che Sofie non andava più al panificio. L'indomani mattina Elsa si era ripresentata al negozio senza dire una parola. Aveva sempre pensato che quell'essere magrolino non avrebbe resistito lì dentro, che le mancava tutto ciò che serviva per farne una vera fornaia. Ogni cosa sembrava essere tornata al suo posto, aver ritrovato la giusta dimensione. Motto fu così felice di rivedere Giacomo che, invece di sdraiarsi vicino al forno adorato, gli si era piazzata accanto mentre lavorava, strofinandosi a lui di continuo.

Ma poi Elsa si era accorta che il pane di Giacomo era diventato scadente. Quando per poco non lo bruciava, quando era troppo poco cotto, quando della dimensione sbagliata, e i clienti dicevano che non sapeva di niente. Allora Elsa aveva cominciato a guardare di continuo in direzione del laboratorio. Giacomo perdeva troppo tempo ad accarezzare Motto invece di togliere le teglie dal forno. Un'altra volta lo aveva visto fissare la stanza mentre l'impasto era lì davanti a lui che aspettava soltanto di essere lavorato. Non si sentiva più la musica, e le foto di Modugno, Gattuso e di sua nonna quasi non si vedevano più per la farina che vi si era depositata sopra, erano diventate paesaggi invernali.

Allora gli aveva chiesto: «Che ti succede?».

In quasi vent'anni era la prima domanda personale che gli faceva, e Giacomo ne era stato così sorpreso da uscire letteralmente dal letargo in cui sembrava essere precipitato.

«Lo vuoi proprio sapere?»

«Altrimenti non sarei qui a chiedertelo.» Elsa aveva alzato il mento. «Non la ritengo una perdita di tempo.»

«Sei gentile a interessarti.»

«Sputa il rospo, altrimenti cambio idea!»

E allora – felicissimo di poter condividere finalmente la sua pena con qualcuno che non avesse le orecchie pendenti (la nonna in quel momento era dai parenti e non la poteva raggiungere al telefono) – aveva raccontato a Elsa tutto quanto.

Per quel motivo ora si trovava davanti alla porta di casa di Sofie. Non volle entrare. Indossava un cappotto trapuntato con sopra un'elegante sciarpa di seta e scarpe di cuoio costose. Quella per lei era evidentemente una visita ufficiale.

«Salve...» disse Sofie, interrompendosi subito dopo perché non sapeva se chiamare Elsa per nome, ma d'altra parte non conosceva il suo cognome.

«Devi tornare» replicò la donna. «L'italiano non è più lui. È un'anima in pena.»

Sofie si sentì serrare la gola. «Mi dispiace molto.»

«In quello stato non è buono a nulla!»

«Io...»

«E tu cos'hai?»

Lei era l'ultima persona sulla faccia della terra con cui Sofie avrebbe avuto voglia di confidarsi. «Purtroppo non ho tempo.» Stava per richiudere la porta, ma la costosa scarpa di cuoio di Elsa si infilò in mezzo. L'anziana donna non dette a vedere se sentì dolore quando la porta le venne sbattuta in faccia.

«Il fatto che i tuoi pani abbiano lo stesso sapore significa soltanto che devi ancora imparare. E imparare è la cosa più bella del mondo. Vuol dire crescere, così come un albero forma i rami e la chioma lussureggiante.» Non erano parole sue, Sofie lo capì subito. Erano di Giacomo, ed Elsa gliele aveva soltanto riferite. «Così come il pane ha bisogno di tempo, bisogna anche darsi tempo» continuò Elsa. «Impara a essere paziente, e imparerai anche a fare il pane!»

La pazienza, pensò Sofie, non era fra le sue doti. Non l'aveva mai apprezzata. Al contrario, l'impazienza era una delle sue qualità migliori. L'impazienza l'aveva portata a non vedere l'ora di eseguire un *grand jeté* o di perdere un altro chilo. L'impazienza l'aveva portata a esercitarsi sino a notte fonda, finché sfinita si addormentava sul pavimento dell'economica mansarda in cui abitava.

Quando Sofie esitò a ribattere, Elsa perse il suo autocontrollo.

«Riprenditi, bambina, per la miseria! Hai fatto sperare il piccolo italiano, dagli ora un'opportunità, e dalla anche a te stessa. Non essere la ballerina viziata e presuntuosa che ho sempre visto in te!»

Sofie alzò le sopracciglia. «E vorrebbe anche che tornassi?»

«Per quel che mi riguarda, puoi anche andare al diavolo. Ma la gente del villaggio ha bisogno del pane e dei panini. E per questo al momento hanno bisogno di te. Quindi torna domani, oppure vergognati di te stessa!»

* * *

Quando l'indomani mattina Sofie arrivò al panificio, sulla porta d'ingresso campeggiava un cartello con su scritto a caratteri cubitali rossi: CHIUSO!

Ma nel laboratorio c'era la luce accesa.

Aprì con cautela la porta dell'ingresso laterale e trovò Giacomo seduto sullo sgabello davanti al forno.

«Che cosa fai lì?» domandò Sofie.

«Aspetto.»

«Me?»

«Te.»

«E cosa avresti fatto domani, se oggi non fossi venuta?»

«Ti avrei aspettata. Anche dopodomani.»

«Perché non fai il pane?» Sofie andò al vecchio drago e guardò all'interno. «È già acceso.»

Giacomo la guardò con gli occhi stanchi e venati di rosso. «Sai, avevo creduto di poterti insegnare a fare il pane come ho imparato io. Guardando e ascoltando. Ma tu sei diversa, anche a ballare hai imparato in modo diverso. Ti hanno insegnato i movimenti modellandoli sul tuo corpo.»

Lei indicò il negozio al buio. «Che ne è dei clienti? Vorranno qualcosa da mangiare!»

«Tu sei più importante.»

«No» disse Sofie, appendendo la giacca all'attaccapanni. «Adesso facciamo il pane per i tuoi clienti. E dopo mi insegnerai tutto quello che ti pare.»

«No, non facciamo il pane per i miei clienti.»

«E invece sì!»

Giacomo andò da lei e le afferrò dolcemente le spalle. «Facciamo il pane per i *nostri* clienti.»

«Non c'è tempo per spaccare il capello in quattro. Dobbiamo muoverci!»

«Non sto spaccando il capello in quattro. È importante. È un'acconciatura completa.»

Sofie rise. «Non si dice. Non ha alcun senso.»

«È un'acconciatura elegante. Con tanti capelli» insistette Giacomo passandosi una mano sui capelli, pettinati come sempre alla perfezione.

Si affrettarono, non c'era tempo per disquisire, tutto doveva essere sbrigato in silenzio, quasi in automatico, e con la massima celerità. I diamanti, pensò Giacomo, nascevano sotto pressione. Era parecchio tempo che al Panificio Johannes Pape & Figlio non si lavorava con una pressione simile.

Così facendo, si dimenticarono di togliere il cartello. I mattinieri, fuori con il cane o con le scarpe da jogging, si fermarono davanti al negozio infastiditi perché non abituati ai cambiamenti. Men che meno a quelli riguardanti il panificio, che era lì da decenni e chiudeva soltanto nei giorni festivi.

Allungavano il collo come un branco di oche.

«Eppure c'è la luce accesa» mormorò qualcuno, mentre il labrador strattonava il guinzaglio per andare a casa, dove lo aspettava una ciotola piena di leccornie.

«Ho appena visto muoversi qualcuno dentro» disse una donna con scarpe da ginnastica fatte più d'aria che di plastica. A giudicare dalla marca costosa doveva trattarsi di aria preziosissima.

Fu Elsa a cacciarli via («Qui non c'è niente da guardare!»). Tolse il cartello in modo sgarbato e aprì il negozio in modo altrettanto sgarbato.

Finito il turno, Sofie rimase al panificio nonostante non si fosse mai sentita tanto esausta. Si sedette, ma Giacomo le prese la mano e la fece alzare di nuovo.

«Adesso svelami per chi hai fatto i due pani.»

Lei indugiò, ma poi glielo disse.

«Bene, partiamo con il primo» continuò il fornaio. «Impastalo.»

Le fece fare dei movimenti con la mano che divennero presto frenetici, facendole perdere il ritmo. Perciò, mentre impastava, Giacomo guidò le sue mani o le toccò i muscoli delle braccia da cui doveva trarre la forza, accarezzando invece quelli addormentati che potevano riposare.

Sofie sussultò la prima volta che avvertì il tocco delle mani di Giacomo, ma poi le piacque sentirsi indirizzata con delicatezza, le sembrò quasi una danza condivisa. Si sorprese persino a fare di proposito una mossa sbagliata così che lui potesse esercitare una leggera pressione per correggerla. Le sue mani erano delicate ma forti. Era da tanto che non le capitava di venir toccata in quel modo.

Modellò un pane, senza tuttavia pensare alla donna

che era stata un tempo ma sentendo soltanto le mani di Giacomo.

«Fanne un altro!»

Lavorò un altro panetto, richiedendo stavolta molta meno pressione da parte del fornaio.

«Stai imparando! Ancora uno.»

Il successivo lo lavorò quasi esclusivamente da sola. Stavolta lui accennò giusto un lieve tocco.

«Non pensare, agisci. Canta, se vuoi. Oppure balla. Ma la cosa migliore è agire. Quando penso, le mie mani a volte non sanno più cosa fare. La testa le disturba. Se la sono cavata per anni senza di lei. È un'offesa per la mia testa.» Giacomo le sollevò per dimostrare che quelle mani non avevano bisogno della testa.

Di una canzone ogni tanto magari sì, ma non della testa.

«E ora da sola, e pensa alla Sofie del passato. Anzi, *senti* la Sofie del passato.» Le afferrò i fianchi. «Senti il ritmo e seguilo mentre ti muovi!»

Dovette fare altri dieci pani. Soltanto quando arrivò all'ultimo riuscì ad accantonare il pensiero e a calarsi di nuovo nella Sofie di allora, senza pentimento, senza rimorsi, pura essenza.

«E adesso il pane per la Sofie di oggi» disse Giacomo appoggiandosi alla grossa impastatrice. «Hai tutto il tempo del mondo. L'impasto attende con pazienza, l'ho programmato così.»

Lei si sentiva come se le avessero appeso ai polsi dei pesi di piombo. Eseguiva ogni movimento con estrema riluttanza. Lavorò l'impasto come se volesse castigarlo, ferirlo. Non provò alcuna gioia nel farlo.

«Ancora!» la spronò.

Sofie non voleva ma si rimise al lavoro. Fece un altro pane e poi un altro ancora. Stavolta le mani di Giacomo si tennero alla larga, e nelle proprie avvertì un senso di solitudine.

Soltanto dopo una decina di pani sofferti il fornaio ne ebbe abbastanza.

«Infilali nel vecchio drago. L'ultimo proprio davanti.»

Richiuso lo sportello del forno, Sofie stava per farsi un caffè, quando Giacomo le prese la mano.

«Guarda i tuoi pani come lievitano nel forno. È importante guardare. Si devono sempre guardare le conseguenze dirette del proprio agire. Soltanto così si impara qualcosa!»

Rimase con lei tutto il tempo, e non appena Sofie apriva bocca per dire alcunché, lui la stoppava con un «*Sssh!*».

Quando arrivò il momento, Giacomo le porse la pala per sfornare i pani.

«Hai paura di assaggiarli?»

«Sì» ammise Sofie. «Tanta.»

«Hanno un bell'aspetto.» Giacomo guardò Motto. «Cosa ne pensi tu, vecchia mia?»

Motto lo guardò abbaiando piano.

«Motto è molto curiosa!» tradusse lui. «Si sta chiedendo se oggi stia per nascere una nuova fornaia. Assaggia prima il pane della Sofie ballerina.»

Le dette uno dei primi che aveva fatto. «Non pensare a niente mentre lo mangi. La tua testa è troppo pesante. Alleggeriscila. Lascia fluire i pensieri, come fossero palloncini che se ne vanno salendo in aria.»

Bello e facile a dirsi, ma difficile a farsi.

Sofie mangiò il pane.

Per una frazione di secondo si sentì di nuovo come sul palcoscenico.

Le vennero le lacrime agli occhi.

«È venuto bene, vero?» domandò Giacomo. Dalla sua voce trapelava unicamente orgoglio.

«Sì» rispose lei. «Troppo bene.»

«E ora l'altro!» Glielo porse. Le dita refrattarie al calore. Era quello modellato per ultimo.

Sofie fece un respiro profondo e poi ne staccò rapidamente un pezzo.

Non le diceva niente.

Non sapeva assolutamente di niente.

Non importava quanto a lungo lo masticasse.

Sapeva semplicemente di pane.

Sofie scosse il capo.

Giacomo le mise una mano sulla spalla con fare consolatorio. «Il secondo pane è molto, molto più pesante.»

«La seconda vita è molto, molto più dura.»

«Stiamo lavorando per migliorare il secondo pane» disse Giacomo sorridendole.

Per questo, pensò Sofie, *prima dovrebbe migliorare la mia vita*. Ed era molto più difficile che fare il pane, qualunque cosa ne pensasse lui. La vita non era il pane. Era un panificio con un'offerta sterminata. E qualcosa usciva sempre carbonizzato dal forno.

Ma a Sofie piaceva il piano di Giacomo, e il suo sorriso. Con il suo aiuto prima o poi le sarebbe riuscito anche il secondo pane. E magari anche la sua seconda vita.

* * *

Marie sapeva che l'amore era una ricerca incessante. Ma la vita non le aveva mai reso così lampante la necessità, come per i tossicodipendenti, di aumentarne sempre più la dose.

Non faceva altro che pensare ai momenti che

avrebbe vissuto con Florian. Era dunque un bene che Sofie si fermasse al panificio ogni giorno più a lungo.

La sala da concerto come luogo di incontro era invece tutt'altro che propizia, spiccando ovunque sulle pareti gigantografie di Sofie con l'impeccabile fisico da ballerina o con il sorriso raggiante mentre si inchinava a ricevere la travolgente ondata di applausi del pubblico. Sofie era il cigno e lei il brutto anatroccolo. Marie riusciva soltanto di rado a dimenticarlo. In realtà solamente nei momenti in cui Florian le sorrideva, per il resto si sentiva grigia come un cielo nuvoloso.

La colazione a casa di Florian era stata una dose di amore assai soddisfacente. Marie immaginava ormai da tempo che fossero una coppia, e che quella fosse una delle tante colazioni che avrebbero fatto insieme.

In seguito colse ogni occasione possibile per stare con lui nel suo appartamento. Una volta gli suonò il campanello per fargli vedere un articolo di giornale su un balletto a Mosca in cui si era imbattuta "per caso" (in realtà aveva impiegato un'ora e mezza a sfogliare tutti i giornali del chiosco della stazione). Un'altra volta gli suonò perché le serviva il latte, poi il burro, poi la farina, finché si rese conto da sé che di quel passo gli avrebbe dato soltanto l'impressione, tutt'altro che lusinghiera, di essere una donna sbadata e incapace di gestire una casa.

Si sorprese ad ascoltare sin troppo spesso i rumori dalle scale. Provenivano suoni alquanto sospetti dalla loro camera, oppure si urlavano contro mentre litigavano? I primi non li sentiva mai, i secondi assai di frequente. Marie si vergognava di provare piacere per ogni singolo litigio. Lei non era così! Ciononostante stava ogni sera sulle scale, e ogni sera un gradino più su.

Tuttavia lei ambiva a qualcosa di più, molto di più, e sapeva bene come ottenerlo. Florian quel pomeriggio era a casa, non c'erano prove in programma. Ormai conosceva la sua agenda persino meglio di lui.

Marie suonò nervosamente il campanello di Florian.

Lui aprì la porta con gli occhi stanchi; la sera prima con Sofie avevano bisticciato di nuovo, poi era sceso il silenzio, ancora più assordante della lite.

«Hai tempo per una passeggiata?» domandò Marie. «Ho bisogno di schiarirmi le idee, e tu – non offenderti – sembri uno a cui farebbe altrettanto bene.»

«Credo che nel mio caso un po' d'aria fresca non basti.» Si toccò il mento non rasato.

«Ma è pur sempre un inizio! Andiamo al piccolo stagno, non ci sono mai stata.»

Lui cedette e andò a prendere la giacca. Quel giorno di aprile aveva deciso di essere autunnale, e tirava un gran vento. Quando Florian si tirò su il colletto sospirando in modo percettibile, Marie gli accarezzò la schiena con fare incoraggiante, un po' troppo a lungo, un po' troppo teneramente. Spostò il confine poco alla volta.

«Hai qualche novità?» Lei cercò di soffocare la curiosità pressante così come si combatteva contro il mal di gola.

«Le stesse degli ultimi giorni: niente. Dopo tutti i miei tentativi di salvare il matrimonio, ho l'impressione di aver allontanato Sofie per sempre.»

«Sembra molto… definitivo.»

«Non è che sembra.»

Marie fece qualche passo e alcuni respiri profondi per evitare che le tremasse la voce alla domanda successiva.

«Allora è giunto il momento di…» riuscì a malapena a pronunciare quelle parole che racchiudevano così tanta speranza per lei «… di lasciarla andare? Ho letto che bisognerebbe "lasciar andare" per poter pensare in modo più positivo. Così, come se i sentimenti fossero un uccellino chiuso in gabbia. Forse tornerà un giorno, o forse no. Non dipende sempre tutto da te. Avevate fatto progetti…» Non era vero, e Florian lo sapeva. Sofie aveva fatto progetti, e lui pure. Ma insieme? Lui desiderava avere figli, ma non lo aveva mai detto. Lui avrebbe voluto soggiornare per un periodo all'estero, per reinventarsi. A Sofie interessava soltanto ballare, non aveva grande importanza dove.

Marie colse l'occasione per accarezzargli di nuovo la schiena, indugiò più in prossimità della nuca, come per caso, con la punta delle dita, e avvertì subito una scossa elettrica in tutto il corpo.

«Sai,» proseguì Florian, mentre costeggiavano i binari «forse mi sto illudendo da troppo tempo. Probabilmente era chiaro sin dall'inizio che io e Sofie saremmo rimasti insieme soltanto per un certo periodo, e che poi le nostre strade si sarebbero divise. Un po' come questi binari, che scorrono paralleli per un tratto prendendo poi direzioni diverse. Non si possono modificare, in fin dei conti sono di ferro. E se anche si riuscisse a piegarli, sicuramente i treni deraglierebbero, facendo vittime.»

Fecero qualche metro in silenzio, perché Marie voleva che Florian metabolizzasse sino in fondo il senso delle parole appena pronunciate.

«Lo "schiarirsi le idee" in realtà con me non ha funzionato» disse Florian a un certo punto.

Era ormai tempo di passare alla seconda fase del piccolo piano di Marie. «Aspetta e vedrai! Ho studiato apposta per te un *Fouetté en tournant* per distrarti.» Iniziò la famosa giravolta in cui la ballerina, stando in equilibrio su una gamba, si dava slancio per fare rapide piroette con l'altra.

Di quelle giravolte nel *Lago dei cigni* ce n'erano trentadue in ogni atto.

Marie riuscì a farne due.

Poi non poté fare a meno di ridere portandosi le mani alla bocca.

Florian le fece un applauso.

«Non funzionerà mai con me» disse lei.

«Sciocchezze, ti muovi benissimo. Ti manca soltanto l'esercizio.»

«Mi fai vedere dove ho sbagliato?»

«Sì, posso farlo.»

Marie si mise in posizione. «Va bene così?»

Florian trovò che la posizione andasse più che bene, ma lei era goffa e tenera come un cucciolo. Le si avvicinò per alzarle il braccio, abbassarle delicatamente le spalle e spostarle il bacino – afferrandole i fianchi – un po' più avanti. Fu bello toccarla. Era diverso che con le altre ballerine della compagnia.

«Perfetto!» disse lui allontanando lentamente le mani. «Sei scritturata.»

«Vuoi che ti mostri un'altra posizione?»

«Ma certo.»

Mentre continuavano a camminare verso lo stagno, ripeterono quel gioco di continuo. La droga chiamata infatuazione gli era entrata in circolo, ma c'era ancora troppa Sofie dentro di lui.

Quel giorno nuotava nello stagno una mamma anatra con dietro sette pulcini come soffici perle.

«Peccato non esserci portati dietro niente per fare un picnic» disse Florian.

Marie dette una pacca sul suo piccolo zaino. «E invece ce l'abbiamo.»

«No, sul serio?»

«Ho cotto qualche sfoglia, salata e anche dolce, e poi c'è dello champagne. Ed è persino fresco.»

«Tu pensi veramente a tutto.»

«Se serve, perché no?»

«Sì» disse Florian. «Se si fa qualcosa, meglio farla in grande.»

Sedettero ancora a lungo l'una accanto all'altro.

Il vento continuò a scompigliare i capelli di Marie come un amante impetuoso, e lei non fece altro che lisciarsi le ciocche perché Florian la vedesse con la stessa acconciatura fatta dalla parrucchiera.

Quando rientrarono nella loro palazzina di Beller Strasse, Marie salutò Florian con un bacio sulla guancia. Non veloce come una stretta di mano umida, ma come nei preliminari amorosi, quando seguivano poi baci sulla punta del naso e sulle palpebre chiuse.

* * *

Uscendo nell'aria fresca del mese di aprile, Sofie patì subito la mancanza di calore del panificio. Sentiva il corpo raffreddarsi a ogni passo. Non appena arrivò a casa, si infilò nella vasca e lasciò scorrere a lungo l'acqua calda con la musica leggera italiana in sottofondo. Più tardi, in cucina, mangiò quasi esclusivamente pane. Per la maggior parte se l'era portato dal panificio, ma un po' era stato comprato anche altrove, persino al supermercato, per fare dei paragoni. Assaggiandolo, faceva smorfie oppure alzava le sopracciglia in segno di approvazione, prendeva appunti sulle diverse varietà, la quantità di cereali, la crosta, la mollica e la porosità.

Florian era soltanto un elemento di disturbo.

Ciononostante si sedette lì con lei, odorando di prato, aria fresca e champagne dopo la passeggiata con Marie.

«Sei ancora qui?» domandò Florian.

«Certo che sono qui» replicò Sofie, intenta a leggere sul cellulare un interessante articolo sui cereali antichi.

«Sai cosa intendo.»

«Sto guardando una cosa.»

Ciò che Sofie voleva anche rimarcare con quella frase era: *non ho alcuna intenzione di pensare a quel che c'è fra noi. O che non c'è più. Questo ora è il mio punto cieco. E tu, Florian, ci sei finito dentro.* In parte le dispiaceva comportarsi così con lui, in modo tanto brusco e scostante. Ma c'era un'altra parte di lei, quella preponderante, a cui invece non dispiaceva affatto.

Florian avrebbe voluto raccontarle della sua giornata, del tempo trascorso con Marie, che non le nascondeva mai. Le riferiva ogni loro incontro, ogni loro contatto. E quando svuotava bottiglie di vino con Marie, le lasciava sempre in bella vista insieme ai bicchieri. Ma aveva l'impressione che sua moglie non avrebbe detto niente nemmeno se avesse trovato tracce di rossetto sulle lenzuola sgualcite. Florian voleva che Sofie gli sbraitasse contro, desiderava rimproveri e lacrime, voleva sentire che provava ancora qualcosa per lui. Ma da marito era diventato ormai un semplice coinquilino per lei. E Sofie si era trasformata da moglie in riccio. Florian si era appena inferto un'altra ferita.

* * *

Erano passati diversi giorni da quando Sofie aveva fallito di nuovo con il secondo pane. Quella mattina era pronta a riprovarci.

Come Giacomo limava le storie per le sue canzoni, così faceva lei ballando. Prima un nuovo passo in avanti e subito dopo il *relevé* in punta di piedi. Certe volte Sofie tendeva tutto il corpo preparandosi a saltare, ma poi si limitava a un leggero balzo, più un allungamento in realtà. Altre volte il suo corpo cominciava a ruotare, a sinistra e poi a destra, come nel valzer, e nelle piroette girava il collo di scatto.

A fine giornata le capitava spesso di sentirsi stanca come se fosse stata sul palco. Gli applausi non le mancavano così tanto, perché a renderla felice erano state soprattutto l'esecuzione perfetta dei passi e la soddisfazione per la propria performance.

A volte, senza neppure rendersene conto, Giacomo ballava con lei. Poi Sofie si avvicinava sempre di più al piano di lavoro per ascoltare quello che canticchiava a bassa voce, e si muoveva seguendo il ritmo della sua melodia. Così i suoi pani assomigliarono un po' di più a quelli per il signor Torin, per la signora Egerle e per la famiglia Marienhof, di cui cantava Giacomo, ma sperava che questo non li infastidisse. Forse portò persino a creare rapporti di buon vicinato nel villaggio.

Anche quel giorno ballò vicina al fornaio. Non conosceva la canzone che stava intonando. Doveva riferirsi alla nuova cliente che da più di un mese si era trasferita al villaggio. Di lei Sofie sapeva soltanto che lavorava come fotomodella e occasionalmente come attrice.

Nel complesso c'erano forse tre decine di abitanti al villaggio di cui Giacomo impastava le storie di vita. In cima alla classifica personale di Sofie c'era la canzone per Marie, che Florian aveva preso tanto a cuore negli ultimi tempi. Era straordinariamente malinconica.

Ma la nuova canzone conquistò sin da subito il podio delle sue storie preferite.

Il mondo si rispecchia in te
E tu in lui, specchio nello specchio
Marroni gli occhi, neri i capelli
Rosse le labbra, gioco di colori
La stoffa si stringe a te, in drappeggi
Ma tu rimani sempre tu
Perché ben radicata a terra
L'aria delle altitudini non ti si addice

Sofie si accorse di essere gelosa di quella donna che aveva avuto versi di tale ammirazione.

«Hai delle belle mani» disse a Giacomo, facendogli un complimento nella speranza di venir ricambiata.

«Queste cose grossolane?» si schermì lui ridendo sotto i baffi, e sollevandole cominciò ad agitarle come si faceva con i bambini piccoli per farli ridere.

Ma Sofie in quel momento non aveva bisogno di battute scherzose, aveva bisogno di vicinanza. «Vorrei riprovare con il secondo pane. Mi aiuti?»

Giacomo si mise dietro di lei e appoggiò le mani sopra a quelle di Sofie.

Impastando insieme, trovarono velocemente il ritmo perfetto. Già al più piccolo contatto delle sue dita, Sofie si sentì attraversare da un brivido che le fece venire la pelle d'oca. Giacomo notò il suo respiro felice. Allontanò le mani e arretrò.

Poi la guardò negli occhi. Con un'intensità con cui Sofie non si era mai sentita osservata da lui.

Giacomo non capì che il desiderio era rivolto a lui e non al suo lavoro.

«Adesso sì che sei davvero una brava fornaia! Questo mi rende molto ma molto felice, sai? Quanto al tuo secondo pane, è soltanto una questione di tempo.»

Giacomo l'abbracciò, e Sofie ricambiò l'abbraccio. Gli accarezzò la schiena, sentì il suo profumo, un misto di odori, fra cui cottura al forno, sudore fresco e note fruttate dell'amato sapone della Calabria.

All'improvviso Motto le si piazzò accanto e iniziò ad abbaiare di gioia, saltandole addosso con le zampe anteriori e ansimando felice.

«Glielo hai insegnato tu!» Sofie fulminò Giacomo con uno sguardo provocatorio.

«No, Motto preferisce imparare tutto da sé.»

Lei si inginocchiò e sporgendosi verso il bassotto gli grattò le calde orecchie pendenti. Era quello che voleva fare da quando era arrivata lì.

Il secondo pane non le riuscì nemmeno quel giorno, tuttavia ciò non fu sufficiente ad attenuare la sua euforia. Poco prima di uscire dal panificio, andò in negozio. «Adesso sono una fornaia» disse a Elsa alzando la mano per salutarla. Sapeva che era stupido darsi delle arie. Ma era anche autentico orgoglio. Per la prima volta ebbe la sensazione che quella fosse la sua nuova strada. Anzi no, la sua nuova vita.

«Benissimo» rispose Elsa con grande sorpresa di Sofie. «Mi fa piacere. Così ora potrò andare a trovare la mia famiglia e fermarmi lì a lungo. Avrei già dovuto farlo da un'eternità.»

«Ma io lavoro nel laboratorio, non davanti in negozio, non posso...»

«Ce la farai. Sei riuscita persino a fare il pane. Avrei scommesso qualunque cosa che saresti sparita già dopo il primo giorno.»

Le sue parole furono quasi dolci.

«Grazie» disse Sofie. «È davvero... gentile da parte sua.»

Elsa annuì, si tolse il grembiule, e dopo averlo ripiegato lo posò ordinatamente accanto al vecchio registratore di cassa. Lo accarezzò pensierosa, si guardò intorno nel negozio, annuì soddisfatta e uscì dalla porta principale. Come se fosse una normalissima cliente e non facesse parte del Panificio Johannes Pape & Figlio.

6

La pagnotta

Alcune malattie rimanevano latenti sin tanto che non iniziavano le vacanze, dopo di che spuntavano fuori come funghi.

L'influenza di Irina Nijinska fu purtroppo una di quelle malattie impazienti che per presentarsi non aspettavano il suo giorno libero, men che meno il termine della prima di *Giselle* il giorno dopo.

Erano quasi le tre del mattino quando l'influenza decise di farsi notare con tutta la sua prepotenza.

E alle tre e mezza squillò il telefono in casa di Sofie e Florian. Poiché Sofie si sarebbe comunque alzata di lì a poco, mentre per Florian era ancora notte fonda, fu lei a correre all'apparecchio. Le telefonate notturne non lasciavano mai presagire nulla di buono. Era capitato qualcosa ad Anouk, a Franziska o a suo marito Philipp?

Dopo aver sollevato la cornetta, Sofie pronunciò «Pronto» con la stessa angoscia con cui si gridava in un bosco buio nella speranza che il cacciatore, in tono rassicurante, rispondesse di aver ucciso l'animale feroce.

«*Giselle*, sai ballarla ancora?» sentì dire dall'altro capo del telefono, poi colpi di tosse convulsa che, soltanto a sentirli, facevano male ai bronchi.

«Irina?»

«Sai farla ancora? Senza pensarci?»

Sofie ascoltò dentro di sé, per ricordare la sequenza dei passi, i salti, le posizioni, e il resto del suo corpo per sentire i muscoli e i tendini, le articolazioni e le ossa. La testa le rispose *Sì* e il corpo lo stesso, sebbene un po' più esitante e con voce leggermente tremula.

«Sì, la so ballare» disse dunque.

«Bene» rispose Irina. Un altro attacco di tosse.

«Perché?»

«Domani sera devi ballare al posto mio!»

Sofie aveva deliberatamente trascurato di seguire che cosa dessero alla sala da concerto e quando. Si limitava ormai semplicemente a sfogliare gli articoli della pagina culturale, così come faceva un tempo con la rassegna sportiva.

«Domani?»

«Hai detto di ricordarti il balletto!»

«Sì, ma *domani*?»

«Sofie, devi andare immediatamente alla sala da concerto! Il nostro coreografo ospite ne è informato e si metterà in cammino non appena uscirai di casa. Ti supplico, sul serio. Lo spettacolo deve esserci domani, altrimenti non potrà concorrere per il premio Pawlowa. Sei ancora in debito con me! Per la tua fuga dalla prima!»

Era vero. Ma non fu quello il motivo per cui Sofie rispose in quel modo.

«Okay. Mi incammino subito.»

Il vero motivo era che voleva salire di nuovo sul palco. C'era un organo del suo corpo che non aveva interrogato ma che subito le aveva risposto a gran voce.

Il suo cuore.

Il cuore di una ballerina.

Svelta si vestì nel bagno, al buio senza far rumore prese il costume da ballo dall'armadio della camera e al tavolo della cucina scrisse un biglietto che avrebbe attaccato alla porta del panificio. Dopo di che uscì dall'appartamento e attraversò il paese a passo sostenuto in direzione della stazione dei tram. Il panificio era di strada, e attaccò il biglietto alla porta del laboratorio. Non appena si voltò per proseguire, di colpo si ritrovò Giacomo davanti, con navi e ancore stampate su un pigiama sin troppo ampio. I capelli non erano in ordine come al solito. Sofie sentì il desiderio di pettinarglieli con le dita.

«Ho sentito un rumore e sono venuto a vedere.» Giacomo indicò i bidoni. «Là in mezzo una volta c'è rimasto incastrato un gatto. Ho dovuto tirarlo fuori io. Per ringraziarmi mi ha graffiato.» Vide il biglietto sulla porta dietro di lei. «Cosa c'è scritto lì sopra?»

«Devo ballare» disse Sofie. «Domani.»

«Allora non puoi fare il pane.»

«No.»

«Ma dopo torni, vero?»

Sofie avvertì una nota di preoccupazione nella voce di Giacomo, che le suonò perciò falsa. Fu come se all'impasto del pane fosse stata aggiunta l'artemisia amara, guastando tutto ciò che prima si amalgamava a meraviglia. Sofie riconobbe il punto esatto del proprio indugio. Sperò che lui non se ne accorgesse.

«Domani c'è la prima. Non so quando Irina, lei è la...» Stava per dire "la prima sostituta", ma sapeva che non era così. Lei stessa era sempre stata la prima sostituta. E lo era anche stavolta. «... collega malata. Devo sostituirla.»

«Capisco.» Giacomo fece un cenno di assenso. Ripetuto. «Qui ce la caviamo da noi.»

Sofie lo abbracciò. «Sei una brava persona. Non dimenticarlo.»

Lui la guardò con aria perplessa. Ma evitò di fare domande. Aveva troppa paura della risposta.

* * *

Quando Sofie entrò nella grande sala prove, il giovane coreografo ospite (che aveva perline di legno variopinte intrecciate nella lunga barba bionda) la coccolò in modo così affettuoso, che sembrava quasi fosse la sorella scomparsa. Florian lo aveva raccomandato per una rappresentazione nella stagione in corso, perché dava nuova vita ai classici con la sua arte anticonvenzionale. Dette subito inizio alle prove, perché la posta in gioco per lui era alta. *Giselle* era uno dei più grandi capolavori del balletto classico.

Interpretarne il ruolo omonimo costituiva una sfida entusiasmante per ogni ballerina che ambisse a rappresentare in modo credibile la trasformazione da semplice e ingenua contadina in donna che impazzisce di dolore e poi diventa fantasma. Sofie si riscaldò più a lungo di quanto fosse solita fare in passato, come se dovesse faticosamente scuotere dal torpore ogni gruppo muscolare del proprio corpo.

A furia di allungarsi si rese conto che il duro lavoro al panificio l'aveva mantenuta più in forma di quanto si aspettasse. Non soltanto le braccia sempre impegnate a impastare, ma anche le gambe, stando a lungo in piedi e facendo tutti quei piccoli movimenti tipo inginocchiarsi e piegarsi, girarsi e tendersi. Non era neppure aumentata di peso, perché nelle ultime settimane aveva mangiato, sì, molto pane, ma ben poco di tutto il resto. Forse non avrebbe più danzato con la stessa leggerezza ed eleganza di prima, ma sicuramente con più vigore.

«Sei pronta?» non faceva altro che domandarle il coreografo. «Possiamo iniziare?» Nervoso, scuoteva la testa di continuo, e Sofie era preoccupata che le perline gli volassero via dalla barba.

Si mise in posizione.

Il calore le salì dalla pianta dei piedi sino alla punta dei capelli. Fece dei respiri profondi. Pensò a Giselle. Pensò a una ragazza modesta e ingenua che viveva alla giornata, aspettandosi che tutto procedesse come sempre.

Dopo quattro passi cadde la prima volta.

Di solito la gente si ricordava dei propri errori e cercava di non ripeterli. Ma che succedeva quando proprio quei ricordi contribuivano al nervosismo e inducevano a commetterne di nuovi? La sera successiva dietro le quinte, mentre aspettava col batticuore di esibirsi sul palco, Sofie si ricordò di ogni singola caduta del giorno prima. Ebbe la sensazione che quel balletto avesse in serbo per lei parecchi ostacoli. La questione non era *se* li avrebbe incontrati, ma *quando*. E *quante volte*.

Al termine del breve preludio musicale gli archi si attenuarono. Dopo una pausa brevissima attaccarono gli strumenti a fiato, e il sipario si alzò. Comparve la piazza del villaggio in versione moderna e sullo sfondo ciminiere, capannoni e condutture industriali. Arrivò il principe Albrecht con il suo servitore, poi Hilarion, il guardacaccia.

Giselle si trovava in casa, dove viveva con la madre, una viticoltrice.

Bussarono alla porta.

L'entrata in scena di Sofie.

Partirono gli applausi, assordanti. Il giornale regionale e la radio locale avevano annunciato il ritorno sul palco della prima ballerina, per il grande evento era presente anche una troupe televisiva.

Non è tutto oro quel che luccica. Molti erano lì per vederla cadere, addirittura ci speravano. In fin dei conti aveva deconcentrato la collega Irina lasciando lo spettacolo in modo irrispettoso. A causa di un'emicrania.

I primi minuti corsero via senza sbavature. Poi venne il momento dell'assolo di Giselle. Dodici battute su tutta la diagonale del palco, saltellando sempre sulla stessa gamba. *Temps levé sur pointe.*

Durante la prova era caduta ben due volte.

Ogni passo le dava la sensazione di essere un'acrobata in alto sul trapezio.

Barcollò, si riprese, perse leggermente la posizione verticale, tese il corpo, sentì la durezza del pavimento sotto la pianta dei piedi, raccolse tutte le forze per il salto successivo, controllò il respiro.

L'assolo riuscì.

Spuntò un sorriso sul volto di Sofie. Uno di quelli autentici. Tutti i fantasmi delle cadute precedenti erano ormai sconfitti. Quello era il suo palco, quella la *sua* esibizione. Nel *pas de deux* del contadino con numerosi salti battuti, Sofie fu del tutto nel suo elemento. Venne continuamente ricoperta di applausi, che si riversavano su di lei come ondate di calore.

E il piede quasi non le fece più male.

Sino alla fine non cadde nemmeno una volta. Quando atterrò in modo estremamente dolce dopo l'ultimo salto, come se una mano invisibile l'avesse adagiata sulle assi del palco, il pavimento della sala da concerto tremò per gli applausi.

A ballare si sudava e ci si stancava più che a fare il pane, ma la danza era anche così leggera.

Dopo l'interminabile e travolgente applauso finale Sofie tenne un discorso.

Alla festa della prima trovò sul telefono un messaggio di Giacomo. Le chiedeva se sapesse dove fosse Elsa.

Sofie si affrettò a rispondere. *Ieri mi ha detto che*

sarebbe andata a trovare la famiglia per un lungo periodo. Che avrebbe dovuto farlo da un'eternità. Non l'ho mai vista tanto rilassata.

Non ebbe alcuna risposta da parte di Giacomo.

Nemmeno cinque minuti dopo, quando gli inviò tre punti interrogativi.

* * *

Quando Elsa decise di morire, iniziò a pulire. Dal pavimento a piastrelle bianche della cantina sino al soffitto del piano superiore. Passò l'aspirapolvere, spolverò, lavò tutti i vetri delle finestre, strofinò il bagno, lucidò l'argenteria riportandola all'antico splendore, sbrinò il frigorifero e il congelatore, e gettò via il contenuto nei bidoni della spazzatura. Nessuno doveva dire che aveva lasciato la casa in un pessimo stato.

Ci impiegò quasi un giorno e mezzo. Il lavoro venne interrotto soltanto da un appuntamento dal parrucchiere e da una zuppa di lenticchie e würstel bollito che aveva mangiato a più riprese. Elsa aveva cotto la zuppa già molto tempo prima. Era il suo piatto preferito. Niente pane. Con la sola aggiunta del dado. In gran quantità, sin tanto che la zuppa, a furia di mescolare, non aveva cambiato colore.

Dopo aver eliminato sino all'ultimo granello di

polvere, cucì le pietre nel cappotto buono invernale. Elsa aveva raccolto i sassi pesanti già diversi anni prima, custodendoli in un grande cesto accanto alla macchina da cucire. Dopo averlo abbottonato, non avrebbe più potuto togliersi il cappotto in acqua. L'avrebbe trascinata sul fondo dello stagno.

Elsa non aveva dimenticato l'ora menzionata dal medico legale.

Fra le dieci e le undici di sera.

Già allora aveva deciso che quella sarebbe stata anche l'ora della sua morte.

Ma poi Giacomo aveva avuto bisogno di lei, e non era corretto piantare in asso qualcuno che avrebbe portato avanti l'attività commerciale della sua famiglia.

Elsa si controllò un'ultima volta l'acconciatura allo specchio e si accertò che le scarpe di cuoio fossero ben lucide.

Era pronta.

Per congedarsi accarezzò la testa di Motto, che in casa dormiva sempre accanto a un caminetto finto. Il vecchio bassotto alzò lo sguardo e abbaiò in modo così straziante che giunse alle sue orecchie come un addio. Sulla segreteria telefonica del canile comunale Elsa aveva lasciato un messaggio, oltre a donare una congrua somma di denaro. Si sarebbero presi cura di

Motto. Lei non voleva che Giacomo si sentisse obbligato a occuparsene. Non voleva contrarre debiti con nessuno.

Quando chiuse la porta dall'esterno, in casa non c'era nessuna lettera d'addio. In vita non era stata molto loquace, e non sarebbe cambiata certo adesso. E comunque le parole non erano necessarie. Sarebbe morta, il perché non interessava a nessuno. Tranne a Giacomo. E lui conosceva la ragione.

Elsa decise di fare una piccola deviazione, per non passare davanti al campo sportivo e all'Ochsen. Non voleva incontrare nessuno, soltanto rallegrarsi in tutta tranquillità in vista del ricongiungimento. E dimenticare le risate di Giacomo e Sofie nel laboratorio del panificio. Quella gioia di cui lei non era mai stata partecipe. La gioia non entrava più nella sua vita da parecchio tempo. E andava bene così.

Era una bella notte di aprile. La falce della luna era esile e intorno a lei brillavano molte stelle in cielo. Soffiava un vento caldo e leggero, dal quale Elsa si sentì dolcemente accompagnata sino allo stagno. Udì i guaiti di una volpe in lontananza, e di tanto in tanto un fruscio nelle vicinanze.

Poi arrivò all'acqua.

Molto prima del previsto.

Eppure aveva camminato lentamente. Come durante

una processione religiosa. E ogni passo era stato piuttosto pesante per via dei sassi.

Pur avendo giurato a sé stessa di non farlo, Elsa si voltò a guardare il villaggio che con le sue numerose luci le ricordò le candele in chiesa davanti al Santissimo.

Dopo di che tornò a guardare lo stagno. Era immobile. Nulla che ne increspasse la superficie, l'oscurità era come un lenzuolo nero.

Vicino alla riva il terreno degradava prima lentamente, poi arrivava il punto in cui di colpo si sprofondava, quattro metri sino a toccare il fondo.

Elsa si avvicinò alla riva e cominciò a respirare con affanno.

Poi fece il primo passo nell'acqua.

Era più fredda di quanto avesse immaginato, la scarpa affondò nel fango. Non doveva cadere, non doveva rompersi niente. Avrebbe lasciato quel mondo in modo dignitoso, era quello il suo desiderio. Rimosse il pensiero di quanto fosse crudele annegare. In fin dei conti non aveva scelta, il suo unico figlio era annegato lì. Elsa avrebbe fatto come lui.

Un altro passo.

Il freddo le attanagliò le caviglie.

Si affrettò a fare altri passi. Non voleva congelare. Sarebbe annegata prima di avvertire il freddo penetrarle nelle ossa.

A un certo punto dietro di lei sentì gettare a terra una bicicletta. Qualcuno respirava con affanno.

«Esci immediatamente!»

Quel qualcuno camminò a fatica dietro di lei affondando nell'acqua, una mano le afferrò il braccio con presa salda come una morsa.

«Lasciami stare! Decido io quando andarmene!»

«Non voglio perderti!»

Elsa si voltò, una scarpa le uscì dal piede.

Giacomo aveva i capelli incollati alla fronte per il sudore. Il suo volto arrossato era visibile persino nel buio della notte. Era corso lì a tutta velocità, le sue gambe avevano dato tutto ciò che potevano. E anche di più.

Avvicinò la mano al viso di Elsa. Voleva farle una carezza sulla guancia, consolarla.

Lei la respinse con stizza.

«Che motivo ho di restare? Mio marito è morto già da tempo, il mio unico figlio pure, tu mi odi...»

«Io non ti odio.»

«Ma io odio te!» gli urlò contro Elsa. Erano decenni che aveva smesso di urlare. E invece faceva così bene urlare.

«Non ho mai voluto farti del male.»

«Desideravo così tanto dei nipotini!»

«Si vede che non era destino.»

«*È tutta colpa tua!* Lasciami andare.» Provò a liberarsi dalla stretta di Giacomo, ma lui la strinse ancora più forte.

«Farò il diavolo a quattro pur di non lasciarti annegare qui!»

«Non voglio più vivere. Tu non hai più bisogno di me. Forse non hai mai avuto bisogno di me.»

«Ma ti ho sempre voluta con me! Tu sei tutto ciò che mi resta.»

Provò con tutte le sue forze a divincolarsi da Giacomo. «Non puoi trattenermi per sempre. Se non entro in acqua oggi, vorrà dire che lo farò domani. O vuoi controllarmi a vista ogni istante della tua vita?»

Lui notò le lacrime negli occhi di Elsa. Non gliele aveva mai viste prima. Nemmeno quel giorno.

La lasciò andare.

Elsa fece un passo indietro. Presto sarebbe sprofondata in acqua.

Giacomo la seguì, la voce che gli tremava per la rabbia. «Non avresti detto a Sofie che andavi dalla tua famiglia, se dentro di te non desideravi che venissi a fermarti.»

«Non è andata così!»

«Sì invece, è andata proprio così. Avresti potuto andartene già molto tempo fa, ma non volevi piantarmi in asso. Ti importava di me.»

«Mi importava del panificio!»

«Se non ti importava di nessuno, allora non ti importava nemmeno del panificio. Puoi ripetere quanto vuoi che non hai più un cuore perché ti è stato strappato via quel giorno, ma non è affatto così. E che ti piaccia oppure no, io ti voglio bene come se fossi mia madre. E non pretendo che anche tu mi voglia bene.»

«E infatti non te ne voglio. Ti disprezzo per tutto ciò che mi hai fatto all'epoca!»

Lei arretrò con il tallone sul terreno melmoso e all'improvviso si sentì scivolare. Un altro passo e Giacomo non ce l'avrebbe più fatta a tenerla. I sassi cuciti nel cappotto tiravano sempre più forte. Appartenevano allo stagno, ed era lì che volevano tornare.

Elsa fece l'ultimo passo.

L'acqua le afferrò il cappotto trascinando entrambi a fondo. Non ce la fece a riempire i polmoni d'aria per l'ultima volta, non poté più dire addio in pace e serenità come si era immaginata di fare. Ormai avrebbe avuto una morte affrettata.

Quando la testa venne trascinata sott'acqua e il freddo iniziò a rimbombarle nelle orecchie, a un tratto Elsa non fu più così sicura di voler morire. La paura da cui venne travolta era ancora più gelida dell'acqua che la circondava.

Giacomo si tuffò e riuscì ad afferrarle la mano destra, che lei istintivamente aveva allungato in alto. Provò a tirarla fuori, ma perse l'equilibrio, inciampò sull'orlo dell'abisso, poi affondò i talloni nel fango, le afferrò anche l'altra mano e si gettò all'indietro. Le scarpe gli scivolarono in avanti, ma passo dopo passo riuscì a indietreggiare e a trascinare Elsa in superficie, dove sputò acqua e boccheggiò.

Sostenendola, Giacomo la portò a riva. Completamente esausta Elsa si lasciò cadere nell'erba, lui crollò a terra ansimante. Il loro petto si alzava e si abbassava come fossero pesci sulla terraferma.

«Dammi un motivo per vivere» gli disse infine. «Soltanto uno che mi faccia dimenticare la mia angoscia. Ti do un giorno di tempo.»

Giacomo sapeva che non si riferiva all'alcol. Anche se per molti la scelta ricadeva spesso su quello. Elsa doveva essere anestetizzata dalla felicità. Se lui non ci fosse riuscito, allora sarebbe venuto meno alla promessa più importante della sua vita.

«Dammi una settimana» disse Giacomo.

Elsa era troppo sfinita per obiettare. Una settimana in più non avrebbe certo fatto la differenza. Non c'era stato un motivo per anni, non ne avrebbe trovato uno nemmeno ora. E se fosse tornata in acqua senza fretta, avrebbe ceduto.

Il suo respiro.

La sua vita.

Sé stessa.

* * *

Quando Giacomo l'indomani mattina percorse il sentiero di ghiaia per recarsi al panificio – nel naso l'odore del sapone al bergamotto della Calabria –, per la prima volta dopo tanto tempo si sentì di nuovo un estraneo in quel Paese. Perché la patria non erano gli edifici, le strade, i campanili o i fiumi. Quelli erano tutti simboli per ciò che faceva mettere radici vere, cioè le persone. Si domandò se Elsa sarebbe venuta al negozio o se durante la notte fosse tornata allo stagno. Se Sofie si sarebbe rifatta viva o avrebbe scelto il suo vecchio amore.

Dopo aver premuto l'interruttore della luce i neon si accesero tremolanti e l'amato panificio gli sembrò piccolo, provinciale e disordinato.

Non lo aveva mai visto in quel modo.

Ai suoi occhi aveva sempre avuto un aspetto idilliaco, simpaticamente imperfetto e antiquato.

La solitudine cambiava le cose intorno. Diventavano anch'esse solitarie. Persino il vecchio drago dava l'idea che Giacomo non lo avesse mai toccato.

Si mise in ascolto nella speranza di sentire i passi di altre persone o i movimenti goffi delle zampe pigre di Motto. Ma c'era soltanto il silenzio del villaggio, interrotto di tanto in tanto da un'auto che si dirigeva in città.

Quel giorno non spolverò le foto di Modugno, di Gattuso e di sua nonna, non accese il forno, e non mise neanche un po' di farina sul piano di lavoro. A un tratto tutto gli sembrò privo di senso. Tutta la sua vita gli sembrò priva di senso. Era come se la sera precedente Elsa lo avesse contagiato con la sua profonda malinconia.

Poi sentì scricchiolare la porta dell'ingresso secondario del negozio. Forte come una quercia che cade a terra. Elsa appese il cappotto al gancio dall'attaccapanni e accese il registratore di cassa.

«Buongiorno!» le gridò Giacomo, cosa che non faceva mai.

Nessuna risposta.

Nemmeno un momento come quello della sera prima poteva cambiare una come Elsa. C'era abituata ormai da decenni. Era incredibilmente testarda, per questo gli avrebbe concesso una settimana soltanto.

E lui non aveva idea di come trovarle una ragione di vita. Motto arrivò trotterellando e si sdraiò più volte accanto al forno senza mai trovare la posizione più gradita. Non faceva altro che alzarsi, girare su di sé e riaccucciarsi dall'altro lato sul pavimento. Guardò in cerca d'aiuto il posto accanto al piano di lavoro dov'era solita stare Sofie.

Riluttante, Giacomo si mise al lavoro. Si accorse che anche i suoni nel laboratorio erano cambiati senza Sofie: c'era più eco, come in una piccola cappella. Quando intonò la sua canzone per Marie Denka, fu particolarmente spiacevole. Perciò smise di cantare e non impastò più storie.

Tre quarti d'ora dopo Sofie entrò nel laboratorio, i capelli appuntati alla meno peggio in una crocchia, le guance arrossate per aver camminato all'aria fresca del mattino.

«Ieri ho festeggiato fino a tardi» disse per giustificarsi.

«È bello quando si ha qualcosa da festeggiare. In tal caso occorre farlo.»

«Per la mia esibizione.»

«L'avevo capito.»

«E non vuoi sapere com'è andata?»

«Se hai festeggiato, di sicuro sarà andata benissimo.» Giacomo provò a fingere indifferenza. A non far trapelare le sue emozioni. Non ci riuscì.

«Sì, è vero.»

«Mi fa piacere.»

Sofie gli si avvicinò abbassando la testa. «Devo dirti una cosa. Anzi devo confessarti una cosa.»

«Non sono un prete. Non posso darti l'assoluzione.» Non lo disse per rendere ancora più difficile l'addio di Sofie, anche se per lui sarebbe stata dura. Era la pura verità: molte cose uno se le doveva perdonare prima da sé. «Sputa pure il rospo, non sarà poi così grave.» Giacomo guardò l'impasto, che quel giorno avrebbe richiesto un po' più di umidità. La sentì appoggiarsi delicatamente sul suo braccio e posargli dolcemente una mano sulla schiena. Erano entrambi gesti di consolazione.

«È stato bello salire di nuovo sul palco, sai. Come tornare a casa.»

«Anche gli applausi non avranno guastato.» Dopo tutto, quelli, al panificio non c'erano. Lui non aveva certo da offrirle niente di più che uno sguardo fiero e una parola affettuosa.

«No, infatti. Così come rivedere tutti quei volti conosciuti. Mi ha fatto bene tutto, l'intero mondo della danza. La vecchia Sofie, lo sai anche tu, il primo pane.»

«Un pane buonissimo» ribatté Giacomo. «Ti capisco» disse poi a bassa voce, per semplificarle le cose. Per la stessa ragione non le mostrò nemmeno il viso.

«Vuoi tornarci. E allora è giusto che tu lo faccia. Io me la caverò in qualche modo, non preoccuparti. Così è la vita.» Cercò la mano di Sofie per stringerla.

«Grazie» rispose lei ricambiando la stretta. «È gentile da parte tua.»

Giacomo non disse niente, aveva la bocca asciutta.

«Sai cosa ho detto ieri sul palco, quando l'ultimo applauso si era ormai spento?» gli sussurrò, ancora scombussolata per la felicità. «"Grazie per la stupenda serata."»

«Sei stata gentile a ringraziare. Davvero cortese.»

«Ho detto anche altro.»

«Ah sì?» Giacomo ormai non ascoltava quasi più. Avrebbe preferito tendere l'orecchio altrove, così come aveva già distolto lo sguardo. Ma purtroppo era impossibile.

«Ho preso fiato e ho detto: "Avevo bisogno di questo ballo. Avevo bisogno di questa conclusione. Di questo addio. Perché in realtà stasera non avete visto una ballerina danzare *Giselle*, ma una fornaia. È quello che sono adesso. Venite al panificio di Giacomo dove lavoro. Il Panificio Johannes Pape & Figlio. Facciamo un pane che danza sulla lingua".»

A quel punto il fornaio cercò di nascondere il viso, gli occhi pieni di lacrime. «Belle parole.»

«Sì, vero?» Si strinse a lui con tutto il corpo.

«Soprattutto quando hai detto che il nostro pane danza sulla lingua. Mi è piaciuto, tantissimo.»

Giacomo si girò verso di lei e l'abbracciò.

«Temevo di averti persa.»

«E invece mi hai appena trovata! E io ho trovato te. Facciamo il pane? L'impasto ci aspetta.»

«Sì, ci aspetta.»

Quando lui guardò Motto, vide che dormiva finalmente in pace.

Fu una bella giornata al panificio. Sofie ballava più di prima, a volte arretrava qualche passo dal piano di lavoro, poi si voltava per mettersi in punta di piedi o per camminare a passettini. Il laboratorio era diventato il suo palcoscenico.

Tuttavia non ce la fece a trattenersi per ritentare con il suo secondo pane, la stanchezza si era infatti adagiata su di lei come un caldo piumone invernale.

Era appena uscita dal panificio per tornare a casa, quando la porta si riaprì. Giacomo alzò lo sguardo e, sorpreso, vide che non era Sofie ad aver dimenticato qualcosa: era suo marito, che conosceva soltanto come cliente occasionale. Si ripulì le dita dalla farina e dai resti dell'impasto per stringere la mano a Florian.

Ma quello voleva usare le mani in altro modo. La sera prima, durante l'esibizione di Sofie, che aveva guardato controvoglia, era stato davvero felice, come se fosse tornata a danzare per lui. E poi quel discorso alla fine. Non aveva chiuso occhio tutta la notte, bevendo tutto ciò che aveva trovato in casa. Aveva svuotato persino la bottiglia di vodka che aveva già confezionato per il compleanno del direttore. Aveva annegato tutta la sua amarezza nell'alcol, trasformandola in rabbia. Era sempre più accettabile della tristezza. Per prima cosa aveva riversato il suo rancore su Sofie, ma ne era ancora troppo innamorato per poter dare libero sfogo a una rabbia sfrenata. E una rabbia contenuta non aveva senso.

Ma c'era qualcun altro su cui poteva sfogarla.

E Florian mise in atto il suo piano.

Se non poteva cambiare Sofie, allora se la sarebbe presa con l'uomo che glіel'aveva portata via. Lo avrebbe picchiato sin quando non gli avesse restituito Sofie. Alla mente annebbiata di Florian quella sembrò un'idea concreta e sensata per rimettere le cose a posto.

Ma non era abituato alla violenza, e riuscì soltanto ad afferrare Giacomo per il colletto. «Rivoglio indietro mia moglie!»

«Non è qui» disse il fornaio, tentando di liberarsi dalla stretta di Florian perché cominciava a respirare a fatica.

Motto saltò addosso a Florian e abbaiò. Avendo poca dimestichezza con l'abbaiare, così come Florian con la violenza, ne uscì fuori un debole guaito.

«Sa esattamente cosa intendo.» Allentò la presa perché cominciò a sentirsi sciocco. Tuttavia non lasciò andare il colletto di Giacomo. Motto si ritirò di nuovo nel suo angolino preferito accanto al forno e si limitò a ringhiare ancora per un po'.

«Sì, ma sa una cosa?» rispose Giacomo di getto mentre provava a riprendere fiato. «Se lei ha perso sua moglie, dovrebbe chiedersi: l'ho cercata abbastanza?»

«Non ho bisogno di cercarla! Quando Sofie non è a casa, è sempre qui a fare il pane, con lei!»

Il fornaio allungò il collo. «Potremmo continuare la conversazione davanti a un espresso?»

«No, non voglio un caffè in questo momento!»

«Eppure ha tutta l'aria di uno a cui farebbe un gran bene. Ed è davvero buono.»

Florian fu vinto dalla gentilezza disarmante di Giacomo. Lo lasciò andare sbuffando. «Ah, dannazione!»

«Ne prende uno doppio?»

«Penso proprio di sì.»

«Si sieda sullo sgabello, è accanto al piano di lavoro.»

Quando Giacomo tornò dal piccolo ufficio con i

due espressi, Florian si era quasi assopito, gli occhi a mezz'asta.

«Ecco qua.» Gli porse la tazza. «Ho riflettuto.»

Florian si grattò la testa. «Anch'io. Ma a volte non serve a un granché.»

«Le faccio una domanda importante.»

«*Lei a me?*» Non aveva ancora sbollito la rabbia. «In realtà ero io quello che aveva delle domande da farle.»

Giacomo, che voleva la massima attenzione da parte di Florian, aspettò che avesse bevuto un sorso del suo caffè. Poi chiese: «Si è già innamorato della nuova Sofie?».

«Io ho sempre amato Sofie! *Sempre!*» Florian posò la tazza sul piano di lavoro in modo così brusco da far schizzare fuori un po' di caffè.

«Non basta. In passato lei si è innamorato della ballerina acclamata dal pubblico. Sofie deve sentire che ora è innamorato della fornaia.»

«Ma io la amo lo stesso!»

«Se avesse funzionato, non sarebbe qui adesso, giusto?»

Florian bevve un altro sorso di caffè, più abbondante stavolta, tanto da tossire. «E cosa dovrei fare?»

«Ho riflettuto anche su quello.»

«Vedo che è un vizio per lei...»

«Una volta iniziato, è difficile smettere.» Si sporse

verso Florian in atteggiamento confidenziale. «Cominci anche lei a fare il pane! Questo le permetterà di innamorarsi di nuovo di Sofie, mi creda.» Giacomo sapeva esattamente il fatto suo.

«Sarebbe questo il suo consiglio?» Florian fece una smorfia. «Pensa davvero che facendo il pane si possano risolvere tutti i problemi del mondo?»

«Non mi esprimerei in questi termini.» Anche se in realtà, si disse Giacomo, la pensava proprio in *quei* termini.

«Cos'altro dovrei fare?» Florian si alzò mettendosi a girare per il laboratorio come un animale in gabbia. «Sono davvero stanco di provare ogni volta con qualcosa di nuovo, che sia la colazione a letto o i petali di rosa o che so io, per poi fallire sempre e comunque!»

Giacomo gli strinse la spalla. «Sofie è diventata una vera fornaia. Ragion per cui adesso la si conquista con la farina, il lievito e l'acqua.»

«Suona, se non altro, più economico di un viaggio insieme ai Caraibi.» Florian fece una risata stizzita.

«Con quello convincerebbe soltanto una donna che ama viaggiare.»

«Non lo so.»

«Si dia una scossa.»

Florian lo guardò a lungo. «Okay, che diamine. Mi insegna lei? Ora? Subito? Qui?»

Giacomo scosse il capo. «Sarà Sofie a insegnarle. Faccia il pane con lei. E se davvero vuole ritrovare sua moglie, lo faccia cattivo. Più cattivo lo farà, più lei lo aiuterà. È in grado di fare il pane cattivo?»

Florian non poté fare a meno di ridere sotto i baffi. «Sono un vero maestro in questo.»

* * *

Chi ha sin troppo tempo per la preparazione, esagera volentieri. Florian ebbe purtroppo un'intera mattinata a disposizione per prepararsi a fare il pane con Sofie. Per farle una sorpresa.

Non sapendo quale fosse la farina giusta – era stupito di quanti tipi diversi ce ne fossero – le comprò tutte, ovvero due pacchi di ogni varietà. Poi passò al burro: di panna dolce o di panna acida? Con sale marino? O forse meglio la margarina (che sulla confezione prometteva di essere la scelta ideale per fare il pane)? E li acquistò tutti. E con il lievito si chiese: secco o fresco? Dovette cercare a lungo prima di trovare i cubetti nel reparto frigo, non ci aveva mai fatto caso prima. Alla fine, decise di prenderli entrambi. Quanto alle uova, ne prese di tutte le misure disponibili. Per sicurezza ricomprò anche il sale. Sempre in tutte le varianti disponibili. Che cosa ci voleva per fare il pane, lo iodio o il fluoruro?

Allineò tutti i suoi acquisti sul bancone della cucina come un piccolo esercito armato sino ai denti in attesa di venir condotto in battaglia contro gli invasori.

Ma anche dopo gli restò molto tempo prima che Sofie tornasse.

Florian cercò su Internet foto di pani, che stampò poi a colori in formato A4 e attaccò in cucina con il nastro adesivo. Poiché gli erano avanzate diverse stampe, le appese anche in corridoio e alla porta d'ingresso. A suo avviso quell'immagine – in fin dei conti era la prima che Sofie avrebbe visto – non era abbastanza d'impatto, e quindi ne stampò un'altra su quattro fogli formato A4 uniti fra loro. Era la foto di una baguette. Soltanto quando la incollò alla porta si rese conto di quanto sembrasse in realtà un simbolo fallico, e la staccò di nuovo.

Poi iniziò a scaldare il forno e cosparse di farina il piano del tavolo precedentemente pulito.

Florian avrebbe potuto anche aspettare Sofie per farlo, ma lo aiutò a tenere a freno il nervosismo che già gli faceva digrignare i denti. Insomma, aveva pensato a ogni cosa, no? Di sicuro sarebbe filato tutto liscio.

Resistette all'impulso di guardare video tutorial su Internet in cui si insegnavano i rudimenti del mestiere. Doveva dimostrarsi incapace, ed essere credibile.

Dopo un periodo che si protrasse oltre il previsto

come un impasto elastico, Florian sentì finalmente la chiave di Sofie infilarsi nella serratura della porta d'ingresso.

Si fece trovare pronto in corridoio, con le maniche della camicia arrotolate e in mano un matterello.

Lei entrò in casa, e alzò subito le sopracciglia. «Ma che significa?» Ripose la giacca nel guardaroba.

«Benvenuta nel panificio artigianale del dottor Eichner! Vieni in cucina, ti faccio vedere una cosa.»

«E dài, sono stanca morta dopo il lavoro, voglio soltanto entrare in vasca e riposarmi.»

«Vieni, vedrai che sorpresa!» Florian le prese la mano, e Sofie non la ritrasse soltanto perché era fuori di sé dallo stupore. «*Tadaaa!*» Florian si piazzò davanti agli ingredienti messi in fila l'uno accanto all'altro e allargò le braccia. «Tutto ciò che possa desiderare il cuore di una fornaia! Diamoci subito dentro, non vedo l'ora.»

Sofie ritrasse la mano. «Sei proprio ridicolo, il grembiule è troppo piccolo per te, e lo hai anche legato per il verso sbagliato.»

«Non importa, tanto non mi vede nessuno, a parte te.»

Lei scosse la testa. Prima leggermente, poi sempre più forte. «Pensi davvero che dopo tutte le ore in panificio abbia ancora voglia di mettermi a fare il pane?»

«Ma questo non è lavoro, è un hobby. Un hobby che possiamo condividere.»

«Ma insomma, mi ascolti quando parlo? Fare il pane non è un *hobby*, fare il pane è *lavoro*!»

«Sofie, ascolta, io volevo soltanto...»

Lei fece un gesto come per suggerirgli di lasciar perdere. «Non voglio ascoltare proprio niente, e non ho né l'intenzione né la forza di litigare. Ora vado da mia sorella, da lei almeno potrò riposarmi.»

«Resta qui, ti prego! Non so davvero più cosa fare...»

«Non ora.» Sofie andò in corridoio e riprese la giacca dal guardaroba. «Non potevi scegliere momento più sbagliato.»

Florian le corse dietro. «E allora qual è quello giusto?»

Aprì la porta di casa e corse giù per le scale. «Non ne ho idea.»

«E cosa dovrei farci ora con la farina e tutto il resto?»

«Non me ne frega niente!» Sofie avrebbe voluto sbattere la porta uscendo, ma era un modello che si richiudeva sempre piano e delicatamente. Quel sistema doveva averlo inventato qualcuno che non era sposato.

Pochi minuti dopo suonarono alla porta. Florian rimase accasciato sulla sedia del tavolo della cucina, tanto di sicuro non era Sofie. Avrebbe covato la sua rabbia ancora a lungo, gli ci sarebbero volute delle ore prima di sbollirla. Soltanto quando bussarono alla porta e Marie lo chiamò per nome andò ad aprire.

«Ho sentito Sofie gridare per le scale» disse Marie invece di salutare. A giudicare dall'abbigliamento, un top aderente con le spalline e i pantaloncini molto corti, doveva essere in procinto di allenarsi. «Probabilmente l'avranno sentita tutti nel palazzo... Tu stai bene?»

«No, ma entra, vuoi una birra? A me ne serve urgentemente una.» Senza aspettare la sua risposta, Florian la precedette in cucina.

Marie si richiuse la porta alle spalle. «Dov'è andata?»

«Da sua sorella, di sicuro non tornerà prima di stasera. Perché io sono una frana.» Quando entrò in cucina, disse di nuovo «*Tadaaa!*», ma stavolta non era un'esclamazione allegra, bensì una marcia funebre. «Tutto pronto per fare il pane insieme a Sofie.»

«A me sarebbe sempre piaciuto imparare...»

Florian prese due birre dal frigo, le aprì e gliene dette una. «Già, purtroppo hai sbagliato indirizzo. Volevo appunto farmi insegnare da Sofie.»

Marie sollevò il suo cellulare. «Allora impariamo

noi due insieme. Sarebbe un vero peccato visto quanto ti sei dato da fare.»

Florian scrollò le spalle. «Sì, hai ragione, sarebbe un vero peccato. E Sofie non deve pensare che senza di lei sia spacciato.» Bevve un lungo sorso dalla bottiglia.

«Però con la musica, okay?» propose Marie. «In questo periodo mi piace tantissimo ascoltare musica soul. È così piena di sentimento.»

«Certo, scegli pure dallo scaffale dei dischi. Metti quello che preferisci.»

Così fecero il pane insieme. E fu Marie a fare la parte di quella imbranata costantemente bisognosa di aiuto in tutto.

E mentre il pane cuoceva in forno, tutto allegro Florian fece il ritratto di una fornaia ballerina sorridente con una teglia piena in una nuvola scintillante di farina.

Quando si salutarono sulla porta di casa, Marie gli prese il volto fra le mani, gli sorrise e lo baciò. Un bacio molto lungo e molto intimo.

Un bacio come Florian non ricordava più da anni. Uno di quelli che ne richiamava altri.

* * *

Con il cambio di stagione si era soliti pensare al fogliame degli alberi o allo sbocciare dei fiori nelle aiuole. Ma non soltanto le piante, anche gli edifici, le strade, intere località cambiavano colore. Il villaggio aveva definitivamente dismesso il pesante manto invernale marrone e inaugurato il guardaroba primaverile. I muri delle case sembravano godersi il sole, assorbirlo come faceva una spugna asciutta sotto l'acqua. Tutto sembrava più animato di quanto fosse stato nei lunghi mesi bui sino ad allora.

Nella vita di Sofie c'erano stati altri cambiamenti.

Quello era diventato davvero il *suo* villaggio.

Faceva il pane per la gente del posto. Nella casa a traliccio viveva Arno Winkelbaur (misto segale), dietro, nel nuovo edificio rivestito in mattoni, Nicola Margraf (multicereali). Forse entrambi mangiavano proprio il pane sul quale aveva danzato o che aveva infilato in forno. In quel senso era diventata un'ospite in molte case. Sofie si sorprese a spiare le cucine dalle finestre per vedere se ci fosse un sacchetto di carta del Panificio Johannes Pape & Figlio, con due spighe incrociate e sopra il pane croccante e fumante.

Ciò la distrasse dalla lite con Florian.

Era così tremendamente stanca di tutte quelle discussioni. Forse era ora di prendere un'altra strada, e non soltanto nel lavoro. Sofie si rigirò sul dito la fede d'oro rosa con incise due scarpette da ballo sovrapposte. Nel corso degli anni aveva quasi completamente perso tutta la sua lucentezza.

La casa di Franziska, di Philipp (che risiedeva ancora presso il suo cantiere in Canada) e di Anouk spuntò dietro agli alberi con il fresco fogliame verde chiaro e lucido. Già di per sé un porto sicuro, lo era ancor di più in quei tempi così burrascosi.

Sofie sentì la voce di sua sorella in terrazza. Quando girò l'angolo, la vide lì seduta con Anouk. Con il mignolo alzato bevevano caffè e cioccolata calda nelle tazze di porcellana buona.

Proprio il tipo di idillio di cui lei aveva bisogno in quel momento.

Quando Anouk vide la zia, le corse incontro gridando di gioia con la bacchetta magica scintillante. «Vuoi che ti benedica?»

«Per oggi hai già benedetto abbastanza!» gridò Franziska.

«Si può anche extra... benedire.»

Anouk benedì comunque Sofie molto rapidamente, e poi si nascose ridendo dietro il barbecue a gas.

Franziska le prese una sedia da giardino e le fece cenno di accomodarsi. «Vieni a sederti. Nel caso non lo avessi notato, gli alberi del giardino, piccoli e grandi, oggi sono stati tutti benedetti a regola d'arte, o meglio di religione.»

«Bene, sono felice che sia stato fatto!»

Anouk spuntò accanto a lei. «L'ho fatto io!» Tutta soddisfatta si premette la bacchetta magica sul petto.

«Fossi stata un albero, saresti stata la mia prima scelta per le benedizioni.» Sofie le accarezzò teneramente la testolina.

«Cosa bevi?» domandò Franziska sollevando due bricchi. «Abbiamo tutto ciò che il cuore desidera, caffè e cioccolata.»

«Prenderò tranquillità e gentilezza in tazza grande.»

«Quelle da noi le ottieni gratis con ogni ordinazione.»

Poi parlarono del più e del meno. Niente di importante, proprio quel che ci voleva per Sofie. Il valore di un'affabile chiacchierata insignificante lo si apprezzava soltanto quando con il marito si tenevano conversazioni di ben altro tenore.

Non appena Sofie fu sul punto di ripartire, sua sorella si sporse ancora verso di lei. «Domani mattina posso portare Anouk da voi al panificio? L'asilo è chiuso a causa dei pidocchi, e io ho un colloquio ufficiale per l'impiego alla sala da concerto.» Franziska guardò Anouk seduta lì accanto. «Adesso devi fare gli occhi dolci come ti ho insegnato.»

La bambina spalancò gli occhi e gonfiò le guance. Era come se le si fosse gonfiata la testa.

«Quasi.» Franziska guardò di nuovo Sofie. «Allora? È un sì oppure un sì?»

«Giacomo di sicuro non avrà niente in contrario se torna a farci visita la sua amica della chiesa. Quindi sì. Ma ovviamente solo se Anouk farà la brava.»

«Bravissima» disse sua nipote. «La Vergine Maria è sempre brava!»

«E non dovrai benedire i clienti.»

Anouk fece una smorfia. «Magari soltanto un pochino.» Fece un piccolo segno della croce con l'indice, tenendo davanti l'altra mano per nascondere il gesto. «Così va bene? In questo modo non se ne accorgerà nessuno!»

«Okay. Così può andare.»

Anouk fece un sorriso raggiante. «E posso portare con me i dodici apostoli?»

«Ma loro devono stare con Gesù.»

«Di' soltanto di sì» la implorò Franziska.

«Sì» rispose Sofie. «Puoi venire. E puoi portarti dietro anche gli apostoli. Persino il bue e l'asinello.»

«E ovviamente anche il coccodrillo!» gridò Anouk entusiasta.

* * *

Sofie aveva imparato ad amare l'odore della farina e

del pane, quell'aroma caldo con piacevoli note di tostatura. Ma quando aprì la porta della palazzina per salire in casa, si accorse di essersi affezionata soltanto all'odore del panificio di Giacomo. Per le scale c'era odore di pane cotto troppo a lungo e a temperature eccessive, di farina insipida, di sciattezza.

Trattenne il fiato salendo le scale di corsa per poi riprendere a respirare fra le sue quattro mura.

Ma lì quell'odore era ancora più intenso. Quando andò in cucina per spalancare la finestra, trovò una decina abbondante di pani. O meglio incidenti di percorso, perché nessuno aveva l'aspetto che si conveniva. E allo stesso modo in cui trasaliva quando una ballerina atterrava male dopo un salto, rischiando così di rompersi le ossa, Sofie si contrasse tutta.

«Che te ne pare?» sentì dire all'improvviso a Florian. «So che non sono perfetti. Ma ho fatto del mio meglio. E Marie mi ha... gentilmente aiutato.»

Sofie si guardò intorno, la cucina era pulitissima. Quando suo marito cucinava, sembrava sempre che i pomodori si fossero scontrati con il latte, quando non usava né pomodori né latte. Marie si era resa utile. Il suo profumo di lavanda e liquirizia si imponeva addirittura sull'odore del pane.

Florian prese in mano una pagnotta. «Ecco qui, l'ultima è la migliore. Assaggia!»

Sembrava davvero interessato a conoscere il suo giudizio. Per quello era così nervoso? Non riusciva nemmeno a guardarla negli occhi.

«Ora non ho fame.»

Le porse la pagnotta staccandone un pezzo. «Devi soltanto assaggiare, giusto un pezzetto. Ti prego.»

Sofie non aveva le forze per litigare, così si mise in bocca il pezzetto di pane. Per starsene tranquilla, avrebbe voluto dire qualcosa di positivo, masticò per trovare gli argomenti. La crosta, però, non era croccante, la mollica troppo irregolare, e soprattutto era un pane vuoto.

Niente amore. Nessuna storia.

«Sì...» disse titubante.

«*Sì* cosa? Sì, è buono?»

Sofie non poteva mentire, non sul pane. «No, non è buono. Mangiabile. Con molto burro e molto formaggio, ma non basta per farne un buon pane.»

«Grazie. Che te l'ho chiesto a fare?»

«Ci siamo promessi di non raccontarci mai bugie. Per nessuna ragione.» All'epoca si erano appena innamorati. In quel momento le sembrò una vita a lei del tutto estranea. Così incredibilmente remota. E irraggiungibile.

«Ci siamo anche promessi di trattarci sempre bene, qualunque cosa accadesse. Ho la netta impressione che non te ne importi più un fico secco di quella promessa. Ma in fin dei conti ora sei tu quella che sa se il pane è buono o meno. Che volere di più dalla vita?»

Premette il pedale del secchio della spazzatura e ci buttò dentro la sua pagnotta migliore.

Quando era ormai uscito dalla cucina senza dire una parola, Sofie avvertì una fitta al petto. La conosceva, sebbene fosse passato molto tempo dall'ultima volta che l'aveva sentita.

Fu il pane insapore di Florian a farle capire ciò che in quel periodo era lievitato dentro di lei come un buon impasto: il desiderio struggente di un'altra persona.

Era innamorata.

Ma non di Florian.

* * *

Quasi nessuno superava i bambini nella loro capacità di perdersi in giro per il quartiere. Anouk lo dimostrò il giorno seguente al panificio, ma poi vide Motto, seduta con la testa leggermente china davanti al forno che si domandava che cosa ci facesse lì quella bambina. Il bassotto venne accarezzato più volte da Anouk, ma in modo strano, con il segno della croce. Poi provò a spruzzarle addosso l'acqua, cosa che Motto non gradì affatto.

«Adesso sei un cane benedetto! Puoi fare le coccole a Gesù Bambino.»

Anouk gli mise davanti un pezzo di plastica dalle sembianze umane. Motto lo annusò, poi lo leccò, sapeva di biscotti al burro e patatine fritte.

«Brava, Motto» esclamò Anouk. «Pulisci bene il Bambin Gesù.»

«Si annoia» disse Giacomo a Sofie che, quel giorno particolarmente nervosa, stava modellando due panini in parallelo.

«Potremmo farle fare il pane in un angolino del piano di lavoro.»

«È troppo alto per lei, e lo sgabello troppo traballante.»

Motto ringhiò quando Anouk fece per riprendersi la Barbie, perché non aveva ancora finito di leccarla.

«E allora cosa facciamo con lei?»

Giacomo modellò panini su panini, e a un tratto alzò lo sguardo con un gran sorriso sulle labbra. «La mettiamo in negozio!»

«Con Elsa?!»

«Con Elsa.»

«Ma con Anouk lei...»

Lui la interruppe. «Elsa non sarà scorbutica con la Vergine Maria!»

«Credo che Elsa sarebbe scorbutica persino con

Gesù, se osasse ordinare un pane tagliato a fette più grosse.»

«Proviamo. Se non dovesse funzionare, la consoleremo con un'ostia.»

«Era una battuta!»

«Una volta all'anno mi è concesso.»

Giacomo andò da Anouk e la prese per mano. «Ti va di dare una mano in negozio?»

«Oh, sì!»

«Però l'anziana signora che è lì…» Non gli vennero in mente le parole adatte per mettere in guardia Anouk e al tempo stesso non offendere Elsa.

«Ha bisogno di una benedizione?»

«Assolutamente.» Si chinò sulla bambina e le sussurrò: «Credo che la stia aspettando già da molto tempo».

Al settimo cielo Anouk tirò fuori la sua scintillante bacchetta magica e andò con Giacomo in negozio.

Sofie li seguì con lo sguardo, e nel vuoto improvviso del laboratorio sentì l'urgenza di sapere dove fosse Florian. Quando si era svegliata quella mattina, non lo aveva trovato accanto a sé nel letto. Non era nemmeno a dormire sul divano in soggiorno. Poi si era accorta che in bagno mancava il suo spazzolino da denti, così come il suo beauty. Tornata in camera, aveva visto che dall'armadio mancavano anche una valigia e alcuni vestiti, mutande, calzini, magliette, due paia di jeans e due maglioni a collo alto. Di notte non doveva aver più resistito ed era semplicemente sgattaiolato via.

L'assenza dello spazzolino da denti di Florian era ciò che l'aveva colpita di più. Marvin Gaye una volta cantava che si sentiva a casa ovunque si togliesse il cappello. Per lei era la stessa cosa con lo spazzolino da denti. Si apparteneva al posto in cui lo si lasciava.

In realtà, era ovvio che sarebbe successo prima o poi. In fin dei conti lei aveva fatto di tutto perché accadesse. Il cuore di Sofie apparteneva ormai a qualcun altro. Anche se la persona in questione ancora non ne sapeva niente. Glielo avrebbe rivelato presto. A quel punto la sua nuova vita sarebbe decollata sul serio. E finalmente le sarebbe riuscito anche il suo secondo pane.

Dal bancone del negozio giunse la voce adirata di Elsa.

«Io odio i bambini!»

«Ma questo Anouk non lo sa.»

«E i bambini odiano me.»

«Anouk è diversa dagli altri bambini.»

«Correrà via piangendo.»

«Ti benedirà.»

«Farà cosa?»

«Sorpresa!» Giacomo a quel punto si rivolse alla

bambina, usando un tono più dolce. «Ora puoi benedirla.»

Anouk prese la mano di Elsa e la accarezzò. «Non ti farò male, zia Elsa!»

Sofie dovette sorridere sentendo parlare sua nipote in quel modo, perché si rese conto che all'età di Anouk tutti erano zii e zie, tutti erano parenti, tutti appartenevano alla stessa famiglia.

«Adesso sei benedetta» disse la bambina. «Ora sei senza peccato. È come se tu non avessi mai fatto niente di male. È bello, no?»

La voce dura di Elsa tradì un leggero balbettio. «Sì, è bello.» Deglutì. «Vuoi un lecca-lecca alla ciliegia?»

«Posso? Sei una zia molto gentile. Mi piaci.»

Quando un cavaliere ne disarmava un altro, si sentiva lo sferraglio della spada che cadeva a terra. Sofie sentì soltanto un forte *crac* quando Anouk addentò il lecca-lecca. «Posso averne un altro?»

«Quello dovrai guadagnartelo, signorina.»

«E come?»

«Aiutandomi a vendere il pane. Pensi di farcela?»

«Certo. E benedirò tutti nascondendo la mano così. Guarda.»

Entrò un cliente. Era la signora Michaeliburg, la giovane madre con il figlio. Anouk tolse un lecca-lecca alla ciliegia da un muffin per bambini, corse al bancone e lo porse al ragazzino. «Da parte della zia Elsa. È quella lì.»

Non era possibile sentire quando qualcuno restava a bocca aperta. Eppure Sofie ebbe proprio quella sensazione.

Soltanto quando Giacomo tolse dal vecchio drago l'ennesima teglia vide che su tutti i panini era incisa una croce. In realtà non li aveva persi di vista un istante, e non aveva sentito niente. Ridendo sotto i baffi, pensò che Sofie avesse fatto fare alla nipotina il suo primo miracolo.

Quando all'improvviso sentì ridere Elsa, capì che Anouk ne aveva già compiuto un altro.

Senza rendersene conto, iniziò a canticchiare *Nel bene e nel male*, il successo di Domenico Modugno del 1960.

Giacomo cantò significativamente a voce più alta la prima parte.

Elsa forse non aveva ancora trovato un motivo per continuare a vivere, ma era di sicuro sulla buona strada, no? E a Sofie aveva trasmesso l'amore per l'arte di fare il pane.

Cos'altro poteva desiderare?

7

Pane & sale

Sofie sapeva bene che non si doveva aver paura dei salti, perché in quel caso cadere era inevitabile. Più un salto era difficile, più uno diventava sicuro di sé.

Quando l'indomani mattina si recò al Panificio Johannes Pape & Figlio, sorrise per tutta la strada. Sorrideva a sé stessa. Ma quando entrò nel laboratorio, il suo sorriso fu soltanto per Giacomo.

«Abbiamo un grosso ordine» disse salutandola senza nemmeno alzare lo sguardo. «Per i calciatori. Per un'importante partita di coppa. Contro quelli della città. Servono tantissimi panini.»

Il sorriso di Sofie si smorzò senza tuttavia spegnersi. Nei salti si doveva anche levarsi in volo al momento giusto. Troppo poco slancio non sarebbe stato sufficiente.

E così impastò i panini. Per modellarli le bastarono i pugni delle mani, così come per la danza sulle punte occorreva semplicemente usare la punta dei piedi.

Continuò a sorridere a sé stessa. Quel sorriso diceva: sei una bella donna, una donna amabile.

Il negozio era già aperto quando il lavoro finalmente diminuì e Sofie non ce la fece più. L'amore vuole sempre esprimersi, ha un'indole chiacchierona.

«Giacomo, devo dirti una cosa!» Sofie si mise accanto a lui.

«Sì?» Non alzò lo sguardo.

«Sarebbe bello se tu mi guardassi.»

Il fornaio sollevò la testa. «È qualcosa di importante?»

«Sì.» Si dette lo slancio e si elevò con un sorriso. «Sai, tra me e Florian… sì, insomma… ci siamo separati. E c'è un motivo, ovvero…»

«Dovresti insegnare a tuo marito a fare il pane» la interruppe lui.

«Cosa?»

«Insegnagli a fare il pane.»

«Perché, credi che cambierebbe le cose? Tu non lo conosci affatto.»

«E invece sì…»

«Lo conosci?»

«È stato qui, e mi ha chiesto di insegnargli a fare il pane. Ma quello è compito tuo.»

«È un caso disperato.»

«Nutre abbastanza speranze per la vostra storia.»

«Ma non hai ascoltato quel che ho appena detto? Io non lo amo più!»

Giacomo avvolse l'impasto davanti a sé in un canovaccio per concedersi il tempo di conversare. «Puoi sempre innamorarti di lui una seconda volta. È l'unica possibilità per far funzionare a lungo una relazione. Ci si deve innamorare dell'altro di continuo. Della persona sempre diversa che si ha accanto. Tutti cambiamo un po' giorno dopo giorno. Per questo dovremmo innamorarci daccapo ogni giorno. La mattina appena ci si alza è un buon momento.»

«Non può funzionare! E per un motivo ben preciso.» I sentimenti di Sofie erano in subbuglio. Perché Giacomo le stava consigliando di rimettere insieme i pezzi della sua relazione con Florian? Per caso aveva mal interpretato i suoi sentimenti per lei? Il tocco tenero delle sue mani? Il caldo sorriso d'intesa?

«Ti ricordi le tue prime pagnotte?» le domandò allora. «E quanto c'è voluto prima che tu riuscissi a farle?»

«Innamorarsi è più difficile!»

«No, innamorarsi è facilissimo. Perché due persone siano fatte l'una per l'altra, ci vogliono soltanto due ingredienti: tempo e vicinanza. Come con l'impasto.»

A quel punto dovette confessarglielo. «Ma io non

posso innamorarmi una seconda volta di Florian, perché mi sono innamorata di un altro.»

«Non ne sapevo niente. E chi è il fortunato?»

«Tu, Giacomo. Mi sono innamorata di te.»

Il tempo si fermò per qualche interminabile secondo.

Lei gli prese la mano ruvida. «Dovresti averlo sentito, in genere sei così sensibile.»

Sofie cercò una risposta nel suo volto. Ma Giacomo rimase inerte, limitandosi soltanto a fissarla. Dopo quella che sembrò un'eternità comparvero all'improvviso delle rughe e il suo viso si contrasse come un pugno.

«Ti sei innamorata di *me*?» Ritrasse la mano quasi gridando quella domanda.

«Sì, è così. È tanto grave?»

«*Non di tutto questo?*» Giacomo si avvicinò al vecchio drago. «Di questo forno?» Indicò con un gesto convulso i sacchi nell'angolo. «Di questa buona farina?» Poi andò svelto al carrello di metallo con le teglie piene di pane. «Del nostro pane squisito?»

«Ma cosa dici? È ovvio che mi sono innamorata di *te*.»

Giacomo emise lo stesso suono di un animale ferito. Poi batté il pugno sul vecchio drago.

«E io, idiota, che pensavo tu ti fossi innamorata del

mio mestiere! Pensavo che insieme avremmo salvato il panificio.»

«E possiamo fare anche quello!»

«No.» Scosse la testa così forte che la nuca gli fece *crac*. «No, non possiamo. Se tu ami me e non il mio mestiere, allora è tutto perduto. Allora per questo panificio è finita. Non c'è più tempo di trovare qualcun altro.»

Gridò in direzione del negozio: «È finita, Elsa! Finita per sempre!».

«Ma che sciocchezze son queste?» sentirono di rimando. «Spaventi i clienti così!»

Giacomo andò all'impastatrice e staccò la spina dalla parete. Poi andò alla macchina schiaccia cereali e con fare convulso staccò anche quella.

«Non ti capisco!» Sofie stava per scoppiare in lacrime. «Perché fai così adesso? Questo non sei tu!»

Gli afferrò un braccio per tirarlo a sé, ma lui la trascinò al muro, dove staccò bruscamente le foto di Modugno, di Gattuso e di sua nonna.

«Fine! Basta! Tutto finito!» La guardò, il dolore negli occhi. «Lasciami andare!»

«E dove vorresti andare? Che significa tutto questo? Non può essere vero.» Sofie aveva gli occhi talmente offuscati dalle lacrime che il mondo intorno a lei assunse un aspetto grottesco.

Giacomo uscì dal laboratorio sbattendo la porta dietro di sé.

E lasciò Sofie accasciata sul pavimento in uno stato di prostrazione che mai aveva provato in vita sua.

* * *

Più tardi, non sapeva più quali strade avesse preso e per quante ore avesse camminato. Ma quando Sofie tornò a casa, aveva pianto a dirotto versando tutte le sue lacrime. Il vuoto in corridoio fu un duro colpo per lei. Era colpa dell'aria viziata? Del silenzio, delle ore di tempo che aveva avuto per diffondersi in ogni angolo dell'appartamento? O del mazzo di chiavi che rimbombò non appena lo posò sul cassettone?

Ormai erano sparite dallo studio anche le riviste di danza di Florian, il notebook con il caricabatterie, i disegni della nuova coreografia, le banane e il pancarrè dal frigorifero. E il fatto non era soltanto che quelle cose non c'erano più.

Mancavano.

Mancava lui.

Ed era colpa di Sofie.

Si sentì come una bambina che, dopo aver giocato tutto il tempo con il fuoco, ci rimane male quando alla fine si brucia. Qualcosa non tornava nel fatto che

Florian se ne fosse andato. Ma l'amore non era logico. Era quello il suo problema, e anche la sua magia.

In soggiorno c'erano ancora i quadri che le aveva fatto Florian.

Sofie tirò via il lenzuolo che li copriva e li riappese a uno a uno al loro posto. Subito dopo si sedette a gambe incrociate in mezzo alla stanza.

Non ebbe difficoltà a riconoscersi nelle foto e nei disegni di Florian. E a leggervi il suo amore per lei.

Ma vi lesse anche qualcos'altro, come se le lacrime le avessero pulito gli occhi e finalmente fosse tornata a distinguere la realtà. Col passare degli anni l'amore di Florian non aveva mai cessato di crescere. Anche quando cinque anni prima, raggiunto il culmine della sua carriera di ballerina, tutto si era fatto di colpo più difficile e difettoso.

Come aveva fatto a non accorgersi che già da tempo Florian aveva intrapreso il cammino per una nuova vita?

Trovò la risposta negli occhi dei suoi molti ritratti appesi lì intorno.

Ultimamente non aveva visto altro che sé stessa.

Quando in seguito le era apparsa la strana bolla di sapone iridescente di nome Giacomo, si era rispecchiata nel suo gioco di colori. Ma quella bolla era poi scoppiata con un rumore assordante, ferendola nel profondo. E non le era rimasto più niente. Nessuna iridescenza. Soltanto il torpore.

Sofie si alzò, andò al telefono e fece il numero di Florian, sbagliando tre volte e dovendo ricomporlo daccapo. La linea era libera, ma lui non rispose. Allora chiamò alla sala da concerto, dove le dissero che Florian era impegnato in una prova individuale con Irina e non poteva assolutamente essere disturbato.

Ma lei non sopportava più di stare in casa da sola, così prese il primo tram che portava in città e sgusciò nell'ultimissima fila della sala da concerto, dove c'era un posto sotto la galleria che dal palco non si vedeva. A Florian piaceva studiare le sue coreografie direttamente sul palco, perché le assi del pavimento facevano un rumore diverso dal parquet della sala prove.

Sofie non era l'unica fra il pubblico. Marie era seduta proprio accanto al posto in prima fila con la giacca di pelle di Florian appoggiata sullo schienale.

Sul palco c'era ancora il villaggio moderno che aveva fatto da scenografia a *Giselle*, la facciata delle case, la locanda, e sullo sfondo anche il panificio. L'assolo delicato di Irina le apparve in quel contesto affascinante e al tempo stesso fuori luogo. Come un uccellino esotico smarritosi in un villaggio di un'altra latitudine.

Florian era con lei sul palco, e dunque a soli pochi

metri di distanza da Sofie. Ma era come se fosse in un altro mondo, un mondo a lei ormai estraneo. Come se ci fosse un muro a separarli, una barriera che lei non era in grado di superare.

Sofie uscì dalla sala.

Ma dopo una notte insonne tornò il pomeriggio successivo e osservò Florian, le sue mani, la sua voce, il modo in cui dava forma al suo amore per il balletto.

C'era ancora Marie seduta in sala, e quando Florian andò a sedersi pochi istanti per annotare qualcosa sul suo taccuino, lei gli accarezzò dolcemente la nuca.

Sofie tornò a casa, dove il vuoto si era allargato a macchia d'olio, come una massa fluida e inerte che le impediva di camminare.

Il terzo giorno, quando Sofie si sedette sulla poltroncina nell'angolo cieco dell'auditorium al buio, notò che, a differenza delle volte precedenti, Marie era distratta dal cellulare e dal suo continuo digitarvi sopra, tanto da non seguire nemmeno più la prova sul palco.

Sofie, al contrario, era incantata dal lavoro di Florian con Irina, persino più del giorno prima. Sentì in quel momento di essere giunta a un punto di svolta nella sua vita. O parlava subito a suo marito nel tentativo di scongiurare la rottura definitiva (sempre che non fosse ormai troppo tardi), oppure non faceva niente, inasprendo il silenzio, la distanza fra loro, senza più alcuna speranza di rimediare al danno fatto.

Florian fece fermare Irina sul palco. Posò le mani sul corpo della prima ballerina e lo allungò verso l'alto, dalle braccia sino alla punta delle dita.

Quando fu soddisfatto della posizione, si sfregò le mani.

Così, come faceva Sofie per liberarsi dei resti della farina.

Le erano sempre piaciute le mani di Florian, proporzionate e forti ma non goffe. Dal tocco estremamente delicato come il battito d'ali di una farfalla che si posava sulla pelle, oppure possente come la zampa di un grizzly quando afferrava la sua preda.

Mentre osservava attenta le mani di Florian, a Sofie per poco non mancò il respiro vedendo il corpo di Irina abbandonarvisi completamente, pronto a farsi plasmare.

Le venne la pelle d'oca sulle braccia.

Si alzò per andare sul palco.

In quel momento Marie tributò alla scena sul palcoscenico un frenetico applauso e fischi entusiastici.

Sofie perse il coraggio e uscì in silenzio dalla sala.

* * *

Per quanto si balla ancora, finita la musica?

Qualche settimana prima qualcuno si era posto esattamente quella domanda alla sala da concerto municipale.

Anche quel giorno Sofie era di nuovo seduta in auditorium, alla prima del nuovo balletto di Florian. Non in uno dei posti migliori ma in fondo, in alto, nelle file economiche dove nessuno si sarebbe aspettato di vederla, e dove nessuno, almeno così sperava, l'avrebbe riconosciuta al primo colpo. Aveva tuttavia individuato qualche conoscente, e dunque, guardandosi intorno con la coda dell'occhio, stava attenta a non farsi notare. Alcuni di loro avrebbero temuto che si alzasse di nuovo e uscisse dalla sala, altri, cellulare alla mano, sarebbero stati ben felici di poter documentare l'ennesimo scandalo.

Sofie non sapeva praticamente nulla della nuova coreografia di Florian. Le sue visite alle prove avevano prodotto soltanto istantanee frammentarie, e le volte in cui Florian, prima della loro rottura, aveva provato a parlarle dei suoi progetti, si era sempre tappata le orecchie.

La coreografia era intitolata *Modellare!* – sul manifesto Irina era raffigurata come l'Uomo vitruviano di Leonardo da Vinci. Poiché sul tavolo del soggiorno c'era un libro su quella famosa opera, Sofie conosceva l'idea di partenza in base alla quale una persona in piedi poteva rientrare sia nella geometria di un quadrato sia in quella di un cerchio, dunque in due forme completamente diverse, pur rimanendo la stessa persona. Dalla foto Irina guardava l'osservatore con espressione intensa, come se leggesse direttamente nell'anima di ciascuno.

Quando la luce si abbassò sino a scomparire, il pesante sipario rosso si aprì, e subito Sofie sentì i piedi sollevarsi come se volessero andarsene dalla sala. Premette le suole contro la spessa moquette fonoassorbente e fece un respiro profondo. Un riflettore illuminò il centro del palco e con esso un enorme uovo dorato cangiante.

L'uovo pulsò al ritmo della musica elettronica e scenografica di *Born Slippy* degli Underworld, rompendosi a un tratto in mille pezzi, il tutto come al rallentatore grazie ai lampi dello stroboscopio. Inizialmente rannicchiata, Irina si liberò dai resti dell'uovo inarcandosi poi al primo urlo. A quel punto la musica confluì senza soluzione di continuità nelle *Scene infantili Op. 15* di Robert Schumann. Seguì poi il rock di *Teenage Kicks* degli Undertones, e Irina si scatenò contro l'ambiente circostante. Dopo di che fecero il loro ingresso in scena altri ballerini dell'*ensemble*, e Irina era sempre più divisa fra uomini e donne in incontri dalla carica erotica via via più intensa.

Nel prosieguo della storia Irina diventò ballerina professionista, e la coreografia di Florian accostò magistralmente parti di balletti famosi, una sorta di *medley*, o meglio un remix di suoni e immagini.

Poi Irina si ferì (sulla scena, non davvero), ma essendo una ballerina a interpretare il ruolo della ballerina, la caduta ebbe un effetto scioccante sul pubblico. Ci volle un po' prima che Irina si rialzasse.

All'improvviso Sofie vide movimenti che non erano propri del balletto, e che nessuno fra il pubblico gli avrebbe mai attribuito. Scivolò in avanti sul bordo della poltroncina.

Irina si mise a impastare e modellare il pane, riempiendo poi un forno invisibile.

Quella era la vita di Sofie.

Era il modo di Florian per dirle quanto la amava.

Di colpo capì il titolo della coreografia. *Modellare!* Era ciò che, in fin dei conti, si diceva dell'impasto. E la donna sul palco stava formando sé stessa.

Quel balletto fu il più bel regalo che le fosse mai stato fatto.

Tanto più doloroso fu vedere che a raggiungerlo sul palco per congratularsi con lui dopo gli applausi della prima fu Marie, con un mazzo di rose rosse accompagnato da un lungo bacio.

* * *

Quando il giorno successivo Sofie tornò alla sala da concerto, portò con sé una busta della spesa piena sino all'orlo. Sapeva che Florian dopo la prima organizzava sempre una prova per dare gli ultimi ritocchi alle sue coreografie. Aveva calcolato di vedere Marie e di dover aspettare che lui rimanesse un momento da solo per parlargli, ma lei non era seduta fra il pubblico.

Ci vollero due ore prima che la prova finisse e Irina sparisse con gli altri ballerini e ballerine in direzione delle docce.

Sofie si alzò. «Ehi.»

Florian si voltò, cercando con lo sguardo nell'auditorium scarsamente illuminato. Ma seppe all'istante chi avrebbe visto. Non gli occorreva nemmeno una parola per riconoscere la voce di sua moglie, gli bastava un respiro.

«Ciao, Sofie.»

«Ciao.»

Tacque.

«Pensavo che ci fosse Marie qui con te.»

Florian aggrottò la fronte. «Cosa…? Come ti viene in mente?»

«La settimana scorsa mi sono intrufolata a qualche

prova e l'ho vista seduta accanto a te.» Si schiarì la voce. «Mi siete sembrati molto intimi.»

«Sofie...»

«Okay, okay. Ti capisco. Fa male, ma ti capisco.»

Florian si avvicinò al bordo del palcoscenico, dove l'illuminazione non era così forte. «Sofie, non dovremmo fare una conversazione del genere qui.»

«Questa è casa nostra, no? O almeno lo era. Di' quello che hai da dire. Non serve a nulla tenertelo dentro per riguardo nei miei confronti. Ho già visto cosa c'è fra voi.»

Lui si mise le mani sui fianchi. «Non hai visto proprio niente. O forse hai visto male. Dunque... non so nemmeno perché te lo dico. Tanto non cambia niente.»

«Cioè?»

«È già finita fra me e Marie, era tutta una commedia.»

«Come sarebbe a dire?»

«Il suo amore per tutto questo, per il balletto.» Florian allargò le braccia. «Per la mia vita. Tutta una messinscena per far colpo su di me. Me lo ha confessato ieri dopo che...»

Sofie abbassò lo sguardo cercando di soffocare il dolore di quell'improvvisa fitta al cuore.

«Marie è una persona davvero eccezionale» proseguì lui. «Ha soltanto smarrito la strada.»

«Conosco la sensazione.»

«È diventata per me la donna che in realtà non voleva essere.»

«A volte è tremendamente difficile capire sul serio chi si vuole essere. E allora si commettono molti errori.» Sofie uscì dalla fila e si avvicinò a Florian.

«È vero. Ultimamente anch'io ho avuto difficoltà a capirlo. Non è stato affatto bello cercare di riconquistarti diventando un'altra persona. Mi sono lasciato accecare come Marie.»

Sofie salì le scale laterali del palco.

«Vogliamo sederci sul bordo con le gambe penzoloni?»

«Sofie, non so che piega prenderanno le cose d'ora in avanti. Non hai capito quello che ho appena detto? Non potrò mai essere per te uno che non ama la danza e che non vuole parlarne di continuo. Ma tu hai bisogno di quel tipo di persona. Negli ultimi tempi abbiamo vissuto nel modo sbagliato, ma ora è finita.»

«Io ho trovato la mia strada.»

«Buon per te. Mi fa piacere, sul serio. Non è stato facile vederti così triste tutte quelle settimane.»

«Non è stato facile nemmeno per me vederti tanto infelice. Mi sono sentita sotto pressione per far funzionare di nuovo il nostro rapporto.»

«Mi dispiace. Ma ormai è andata così.» Florian si strofinò gli occhi. «Capisco che tu voglia parlare, ma oggi mi mancano le forze. Ieri abbiamo festeggiato sino a tardi.»

«Non dobbiamo parlare.»

Contrasse le sopracciglia. «Non capisco.»

Sofie gli porse la busta della spesa.

Florian la prese riluttante e ci guardò dentro. C'erano farina, burro, lievito, sale e una bottiglia di vino rosso. Gliela restituì.

«Troppo tardi, Sofie.»

«Ieri sera ero qui in sala. Ho visto il balletto che hai creato per me!»

Lui sbuffò. «Quello è il passato, Sofie. Non potevo semplicemente buttare tutto alle ortiche soltanto perché non siamo più una coppia.»

«Una sola volta» disse Sofie. «Per tutti gli anni passati insieme.»

«Perché? Sappiamo entrambi che è finita. Tu da molto più tempo di me.»

«Facciamo il pane insieme! Poi possiamo darci un taglio.»

«Non cambierà nulla. Sarà soltanto spiacevole, una pena per tutti e due.»

«Ma poi sarà più facile lasciarci. Ti prego.»

Giacomo le aveva suggerito di fare il pane con

Florian, perché nutriva ancora qualche speranza per il loro rapporto.

Poteva anche funzionare. E se così non fosse stato, almeno avrebbero avuto un finale degno di un rapporto all'inizio bollente, raffreddatosi strada facendo. Sempre meglio che vedere Florian sparire così dalla sua vita. Per un verso o per l'altro si sarebbero ricordati di quel pane.

Pur con qualche indugio, Florian alla fine acconsentì.

La sala da concerto aveva una piccola cucina, una stanza bianca asettica senza finestre – luci al neon, acciaio inossidabile spazzolato, quasi come un laboratorio –, dove il catering durante le feste trovava un piano cottura, un forno, un frigorifero e i soliti utensili da cucina. A volte anche qualcuno dell'*ensemble* teatrale o della compagnia di ballo vi riscaldava qualcosa nel microonde. Sofie e Florian non sapevano che lì prima di loro nessuno ci aveva ancora fatto il pane.

Il destino concesse loro un'altra piccola prima insieme.

Florian svuotò velocemente la busta, rivelando in ogni suo gesto la volontà di lasciarsi presto tutto alle spalle. Aprì il pacco di farina ma prima di spargerla sul tavolo cercò un canovaccio per poterlo pulire. Nel frattempo Sofie ne aveva già preso uno e con mano esperta aveva già pulito e spolverato tutto il piano di lavoro.

«So farlo anch'io» disse Florian gettando lo strofinaccio nel lavandino. «Non è la prima volta che lo faccio. Se vuoi togliermi tutto il lavoro, mi metto semplicemente in un angolo e sto lì a guardarti.»

Sofie resistette all'impulso di pulire ancora una volta il tavolo e mise il pacco di farina in mano a Florian.

«La forza dell'abitudine» disse per scusarsi. «Mi dispiace. Ti va di pesare gli ingredienti?»

«Per me va bene.»

Gli dettò le quantità a memoria. Per un impasto semplice, che doveva riposare e lievitare brevemente, cosa che – come Sofie si rese conto proprio in quel momento – era una contraddizione in termini.

«E chi amalgama l'impasto?» domandò Florian.

«Noi due insieme» rispose lei. «Dovrà essere il *nostro* ultimo pane.»

«Io comincio, non c'è tempo da perdere.» Dopo che ebbe mescolato tutto in modo grossolano, passò la bacinella di plastica a Sofie, che iniziò a lavorare l'impasto con scioltezza. Notò che lui la osservava. Nei movimenti delle sue mani e del suo corpo riconobbe di sicuro alcune posizioni di coreografie che in passato aveva studiato appositamente per lei.

«Adesso dobbiamo aspettare un po'» disse Sofie stendendo una pellicola sulla bacinella.

«Hai ballato» constatò Florian. «Mentre impastavi.»

«Lo faccio sempre. Giacomo canta, io ballo. Siamo un panificio musicale.»

«Non me ne avevi mai parlato.»

«Non abbiamo più parlato di niente.»

«Non è dipeso da...»

«Non importa da chi è dipeso. Resta il fatto che non abbiamo più parlato. E anche quando ci incontravamo a casa, non ci vedevamo nemmeno. Se non guardi l'impasto, non ti accorgi come cambia.»

Sul volto di Florian spuntò un lieve sorriso. Era tanto che non lo vedeva sorridere. Forse lo aveva fatto durante le prove, e di sicuro con Marie. Ma lui non l'aveva degnata nemmeno di un sorriso. E Sofie non l'avrebbe accettato.

«Sembri già una vera fornaia.»

«È proprio quello che sono.»

«Sì, lo sei. Raccontami di come balli mentre fai il pane.»

Sofie gliene parlò, e quando l'impasto fu pronto, non aveva ancora finito il suo lungo resoconto. Ma l'impasto stava aspettando, e un buon impasto non doveva aspettare.

«Due pani ciascuno» disse lei.

E poi si sentì stupida.

Le risultò difficile, perché l'impasto le diceva chiaramente come voleva essere lavorato e modellato. Gli fece violenza per vedere se Florian se ne accorgeva. E se avrebbe detto qualcosa. Avvertiva i suoi sguardi, e vedeva anche le smorfie che faceva.

«Qualcosa non va?» domandò Sofie.

«Be'... non saprei. Ma nei tutorial che ho visto aveva un aspetto diverso.»

«Ah sì, e quale?»

Florian la guardò sbigottito, poi all'improvviso gli spuntò un sorriso che Sofie non seppe bene come interpretare.

«Aspetta, ti faccio vedere!»

Ma poi indugiò.

Le tremò leggermente la voce quando gli si avvicinò. «Sarebbe molto bello se tu mi facessi vedere.»

Florian fece un respiro profondo. «Sì, lo sarebbe davvero.»

Si mise dietro di lei appoggiando le mani su quelle di Sofie. «Va bene se sto così vicino...»

«Certo, altrimenti non funziona.»

Florian si avvicinò un altro poco. «Si tratta di trovare il ritmo giusto.»

«Sì» rispose lei sussurrando più di quanto fosse

nelle sue intenzioni. Il suo corpo andava più veloce del suo cuore.

Sentì subito che il ritmo di Florian era quello giusto, e che procedeva in perfetta sintonia con il suo. Con Giacomo era diverso, perché lui impastava con più forza ma con meno slancio. Era una sensazione incredibilmente bella lavorare quell'impasto con Florian. Più diventava soffice, più si ammorbidivano i loro cuori.

«Adesso il mio impasto» disse lui. «Puoi controllare se faccio tutto in modo corretto?»

Già al primo tentativo Florian storse le mani, e l'articolazione del pollice fece *crac*. Si sentì estremamente stupido.

Sofie rise. «Aspetta, prima di farti male sul serio!»

Gli si mise dietro vicinissima. «Devi ballare un po'. Pensi di farcela?» Gli posò le mani farinose sui fianchi facendolo oscillare leggermente da sinistra a destra.

Da quel momento si sentirono a turno molto sciocchi. Lasciarono cadere a terra il pacco di farina, impostarono il forno prima troppo basso poi troppo alto, versarono l'acqua e dettero forma ai pani prima che assomigliassero a reperti archeologici. Nel fare ciò risero tanto aiutandosi l'un l'altra.

Chi sa fare il pane insieme, pensò Sofie, *può anche vivere insieme*.

Quando i pani, sculture di impasto, se così si poteva dire, furono in forno e dovettero aspettare di nuovo, Sofie prese per mano suo marito e lo riportò sul palco.

«Fammi vedere la tua nuova coreografia.» Si mise al centro. «Su, dài. Posizione di partenza.»

Florian la guardò a lungo, poi si inginocchiò davanti a lei e le posizionò i piedi l'uno parallelo all'altro. «Inchinati.»

«Dammi forma. So che sai farlo.»

E così le mani di Florian andarono a posarsi dove Sofie aveva ardentemente desiderato che la sfiorassero mentre impastavano. Ovunque sul suo corpo. E poi a un certo punto non furono più le mani di Florian a toccarla ma le sue labbra.

La portò per mano nella casa di Giselle. Sofie lo tirò invece in un'altra direzione, verso la casa sullo sfondo, quella con l'insegna di un brezel sulla porta. «Oggi farai l'amore con una fornaia» disse. «Per la prima volta in vita tua. O almeno spero.» Non poté trattenersi dal ridere.

Con grande sorpresa di Florian fu, in effetti, come amare un'altra donna, che si sentiva diversa e si muoveva in modo diverso. E ciononostante era la sua Sofie. I sostegni della facciata di cartone erano costantemente d'intralcio, il palco non riscaldato era sin troppo freddo, il gatto emaciato della sala da concerto, a tre zampe e con le orecchie sfrangiate per tutte le lotte intraprese, li guardava curioso da un traliccio, ma niente di tutto ciò riuscì a disturbarli.

Quando tornarono in cucina furono travolti da una zaffata di fumo nero.

Svelta, Sofie aprì lo sportello del forno e con l'aiuto delle presine tirò fuori i quattro pani che nel frattempo si erano carbonizzati.

Sulle loro teste si attivò il rilevatore di fumo.

Poi l'impianto antincendio.

«Perfetto» disse Sofie ridendo di gusto, mentre le gocciolava l'acqua dalle sopracciglia. «Adesso non dobbiamo più aspettare che i pani siano freddi per assaggiarli.» Prese in mano quello più grosso e lo spezzò in due. All'interno era chiaro e soffice. Ne staccò un pezzetto e lo mise subito in bocca a Florian perché non si bagnasse. E ne assaggiò un pezzo anche lei.

Per quanto carbonizzato all'esterno, dentro era rimasto intatto e straordinario. Sofie ci sentì tutto il loro amore.

Quando arrivarono i vigili del fuoco, si erano innamorati di nuovo.

* * *

Quel pomeriggio Sofie andò da Giacomo con il batticuore e con un pane carbonizzato. Un grosso cartello sulla vetrina annunciava a caratteri rossi che il panificio aveva cessato la sua attività. Prese il sentiero di ghiaia, dove negli ultimi giorni assolati nessuno doveva aver innaffiato le piante. Gli immigrati calabresi, sciupati e malaticci, avevano infatti abbassato la testa. Salì le scale fino all'appartamento di Giacomo e, non essendoci il campanello, bussò tre volte alla porta.

Ma lui non aprì.

Bussò di nuovo, ma stavolta al ritmo di *Nel blu dipinto di blu* di Modugno.

All'improvviso sentì dei passi, dopo di che Giacomo aprì la porta con una faccia estremamente abbattuta.

«Ti devo una spiegazione» disse salutandola senza tuttavia guardarla negli occhi. «E persino una valida.»

«Sì» rispose Sofie con un filo di voce.

«E delle scuse.»

Lei annuì, perché sarebbe scoppiata in lacrime se avesse iniziato a parlare.

«Prima, però, devo fare una cosa urgente.» La prese tra le braccia e la strinse forte. «Mi dispiace così tanto!»

Sofie dette libero sfogo alle lacrime.

Giacomo non fu da meno. Gli si incrinava la voce a ogni singhiozzo. «Avrei dovuto scusarmi con te già da tempo, ma avevo troppa paura che mi avresti sbattuto la porta in faccia.»

Sofie si divincolò dall'abbraccio. «Va tutto bene!» Si schiarì la voce e gli porse il pane. «Assaggia!»

«Ma non mi va di mangiare adesso.»

«Assaggia!»

Pur continuando a piangere, Giacomo sorrise, ricordandosi all'improvviso di averle detto la stessa identica cosa il suo primo giorno di lavoro al panificio. Ne staccò un pezzo, cosa in realtà non facile.

«Lo abbiamo fatto io e Florian.»

Masticò a lungo. «È disgustoso.»

«Trovi anche tu?» Sofie rise. «Un vero e proprio schifo. Ma senti anche qualcos'altro?»

Giacomo annuì. «Vi siete di nuovo innamorati.»

«Esatto, hai indovinato. E avevi ragione con la tua intuizione quando abbiamo litigato.»

«Ne sono tremendamente mortificato!»

Con tenerezza Sofie gli posò un dito sulle labbra. «Non mi sono innamorata di te, ma di tutto ciò che mi hai mostrato, di quello che ho imparato da te. Condividiamo lo stesso amore, ma non è la stessa cosa che amarsi l'un l'altra.»

Giacomo sospirò felice. «Pensavo che fosse tutto finito. Chi è che vuol fare il pane con qualcuno che non ne ricambia l'amore?»

«Ma tu ricambi il mio amore per il pane, e persino moltissimo!»

Le accarezzò teneramente la guancia. «Sì, hai ragione. E il mio amore eterno l'ho già dato a un'altra persona.» Accennò con la testa in direzione del panificio.

«Elsa?» Aveva almeno vent'anni più di Giacomo, o forse anche di più.

«No, Elsa Pape non è il mio grande amore. Entra, ti faccio vedere una cosa.»

A Sofie sembrò di entrare in un museo, dove negli ultimi anni avevano esposto soltanto poche novità.

«Qui in passato ci abitava la famiglia Pape» disse Giacomo precedendola in soggiorno, dove si fermò accanto alla credenza. Sopra c'era la foto con la fascia nera da lutto.

«È lui che ho lasciato entrare nel mio cuore.» Tolse la polvere dal vetro.

«E sarebbe...?»

«Benedikt Pape, il figlio di Elsa.»

Giacomo aveva fatto quella foto alla fiera in città, ritraendolo mentre mangiava un grosso cono di zucchero filato. Aveva le dita e la bocca appiccicose. Benedikt aveva ben presente il sapore dello zucchero filato che tanto gli piaceva da bambino, ma ne aveva dimenticato gli effetti collaterali. Per questo rideva a crepapelle.

La foto non recava traccia della sua ricorrente tristezza.

«Oh» disse Sofie. E poi ancora: «Oh».

«È grazie a lui che ho iniziato a fare il pane.» Giacomo tirò leggermente in avanti la cornice. «Benedikt era un fornaio straordinario. Il suo pane ti sarebbe piaciuto!»

Sofie si chinò sulla foto. Abbassò la voce. «E quando...?»

«Dodici anni fa. Benedikt si è...» Giacomo deglutì forte. E poi di nuovo. «Si è tolto la vita. Nello stagno del villaggio. Era sempre stato malinconico e non ha retto... al fatto che noi... Era semplicemente inammissibile.» Si passò una mano fra i capelli scompigliati.

«Cosa successe?»

«Venne allontanato da tutti! Fu una delusione per suo padre, che per causa sua morì alcolizzato. E lo stesso fu per Elsa. Dal momento in cui si aprì con sua madre, lei diventò un'altra donna. Sperò che col tempo le cose migliorassero, si facessero più lievi, più normali. Che Elsa sarebbe tornata a comportarsi come una madre.»

Parlandone, a Giacomo sembrò di rivivere tutto quanto. Benedikt voleva molto bene a sua madre, e confidava nel suo amore incondizionato. Era stato quell'amore a tenerlo saldo per mano quando si era avventurato per la prima volta sulle scogliere impervie dell'infanzia e negli abissi dell'adolescenza. Era stata Elsa a tirare le orecchie agli altri bambini, quando facevano la posta a suo figlio presso la vecchia colonna per le affissioni (con i manifesti pubblicitari sbiaditi dal sole), ad abbracciarlo quando non capiva perché nel catalogo di vendita per corrispondenza non sfogliava per prima cosa le foto con le modelle in lingerie come facevano tutti gli altri ragazzi della sua età. Aveva sempre pensato che lei lo sapesse, perché una madre certe cose le sa. Ma Benedikt si era dovuto rendere conto che, pur sapendolo, non avrebbe mai voluto saperlo.

Giacomo non disse niente di tutto ciò a Sofie, perché ogni parola pronunciata ad alta voce su Benedikt avrebbe scalfito la spessa crosta protettiva che si era formata su quella ferita profonda. E lui ne aveva bisogno per difendersi.

«Ma le cose non migliorarono affatto» continuò, riprendendo il filo del discorso. «Benedikt finì per chiudersi sempre più nel proprio guscio. Cosa che, da un lato, gli fu di aiuto, ma dall'altro contribuì soltanto a peggiorare la situazione. E alla fine un giorno sentì che era troppo per lui, e io da solo non ce la feci a trattenerlo.»

Giacomo non raccontò nemmeno delle scritte offensive sui muri di casa, delle persone che al supermercato si voltavano dall'altra parte, dei clienti abituali che di punto in bianco avevano smesso di venire al negozio o, peggio ancora, di quelli che avevano continuato a frequentarlo riversando ogni volta su Elsa fiumi di cattiverie, dopo che si era sparsa la voce che il calabrese era qualcosa di più di un semplice dipendente.

Lui e Benedikt non si erano mai baciati in pubblico, né erano andati in giro tenendosi per mano, in realtà andavano a spasso soltanto di sera, ben lontani dalla luce dei lampioni. Per questo Giacomo non aveva fatto amicizia con nessuno al villaggio. Per lui esisteva soltanto quella casa e il panificio con Elsa e Motto.

Giacomo guardò la foto accarezzandone delicatamente la cornice con la punta delle dita.

«Benedikt, posso presentarti Sofie? Ti affezionerai molto a lei. Grazie a Sofie il nostro piccolo panificio ha un futuro. Le piace fare il pane proprio come piaceva a te.»

«Ciao, Benedikt» rispose Sofie senza sentirsi strana.

«I miei pani migliori li faccio per lui» disse Giacomo. «Quando faccio il pane, sento tutta la forza del mio amore per lui, e quella del suo per me. In fondo è il suo panificio.»

Per questo Giacomo non aveva mai apportato cambiamenti. Dopo la morte di suo padre, Benedikt aveva gettato via tutto, ritinteggiato le pareti, piastrellato di nuovo il pavimento, e infine aveva montato le finestre e installato il vecchio drago. Anni dopo, quando Giacomo era diventato per Benedikt molto più di un semplice dipendente affezionato, e lui, provando gli stessi sentimenti, si era trasferito nel suo appartamento sopra al panificio, Benedikt aveva realizzato il sentiero di ghiaia con le pietre fatte arrivare apposta dalla Calabria. Aveva piantato anche le prime piante del Paese di Giacomo. «La mia patria ora è anche la tua» aveva detto a Giacomo, quando una mattina gli aveva mostrato il suo lavoro, «e la tua è anche la mia.» E così avevano trascorso ogni loro vacanza in Italia. Benedikt aveva persino imparato l'italiano. Almeno qualche briciola. E a Giacomo piaceva il suono delle parole da lui pronunciate in modo spesso scorretto.

Giacomo prese dal cassetto una foto senza cornice che ritraeva Benedikt in mezzo ai genitori con il diploma da artigiano appena conseguito e la porse a Sofie. «Ho promesso sulla sua tomba di occuparmi del panificio e di sua madre.» Accennò un sorriso. «Non avrai certo difficoltà a capire quanto debba amarlo per sopportare Elsa.»

Sofie guardò la foto di Benedikt. «Il tuo Giacomo ha mantenuto tutte le sue promesse!» Poi alzò lo sguardo su di lui. «Riapriamo domani, vero?»

Il fornaio si chinò su di lei, le dette un tenero bacio sulla guancia e poi asciugò il punto umido con il pollice. «Si dice sempre che la famiglia non si sceglie, ma sono tutte sciocchezze. Tu sei come una sorella per me. Fai parte della mia famiglia!»

«E cosa significa questo per il panificio?»

«Che domani riapriamo!»

* * *

Temps lié, movimento legato, è un passo di danza che prevede di spostare il peso del corpo da una gamba all'altra. È possibile eseguirlo *à terre*, sul pavimento, ma anche *en l'air*, in aria. Avendo finalmente legato i movimenti, Sofie sentì di essere diventata padrona di quel passo come mai lo era stata prima.

Quella sera stessa aveva riattaccato al muro le foto e i disegni di Florian. Lui aveva però insistito per aggiungerne di nuovi, e così aveva fatto il ritratto della fornaia. Da una rapida occhiata alla galleria fotografica realizzata nel loro appartamento non si riusciva più a distinguere la Sofie del palco da quella del panificio. Nei giorni successivi avevano fatto tanto di quel pane da regalarne a tutto il vicinato. Anche Marie lo aveva accettato riluttante, e ne ebbe persino più degli altri, conoscendo altre scuole materne alle quali donarlo.

Nel frattempo, l'epidemia di pidocchi nel suo asilo era rientrata, sostituita però dalla scarlattina e dalla malattia mani-piedi-bocca. Con sguardo ammiccante Marie aveva consolato i genitori dicendo loro che almeno così si sarebbero liberati in un colpo solo di tutte le malattie contagiose, potendo starsene finalmente tranquilli per il resto dell'anno.

Non sapeva quanto si sbagliava.

* * *

Anouk non fu affatto dispiaciuta della chiusura dell'asilo, dopo la riapertura del panificio ne era subito diventata parte integrante. I suoi panini con la croce avevano fatto furore, soprattutto con Ümit Wader, l'organista, e con tutti i membri del coro della chiesa della Trinità. Giacomo ne aveva fatto un suo cavallo di battaglia.

La presenza della bambina ebbe un effetto positivo anche sulla clientela, che entrava in negozio meno timorosa di prima. E non perché Elsa fosse diventata uno zuccherino con ciascuno di loro. Lo sapeva bene l'ultimo cliente del giorno con la sua sventurata richiesta di tagliargli il pane a fette un po' più grosse («Se lo tagli da solo allora! Noi siamo un panificio, non una sartoria su misura!»).

Giacomo apprezzò soprattutto il fatto che, grazie alla bambina, lo stretto corridoio di collegamento tra il laboratorio e il negozio non era più una zona militare di confine tra due tribù nemiche ma una pista da corsa piena di gridolini di gioia. E sperò di aver trovato nella piccola Anouk un motivo per Elsa per continuare a vivere. Erano passati sette giorni dalla sua ultima visita allo stagno. Se Elsa si fosse ripresentata l'indomani mattina, avrebbe mantenuto la promessa di non cucire più sassi nei vestiti. Sarebbe stata ostinata anche in quello.

E poiché Franziska aveva ottenuto il posto alla sala da concerto, avrebbero dovuto tenersi lì Anouk ancora a lungo.

Quando Elsa chiuse la porta del negozio con due mandate e la bambina le chiese di andare con lei allo stagno, Giacomo rabbrividì un istante. Ma dopo il primo momento di spavento la ritenne una buona idea. Se si rinunciava in partenza a lavorare un impasto perché troppo difficile, non sarebbe mai migliorato. Dovette ridere sotto i baffi per quell'associazione, perché Sofie gli avrebbe rimproverato ancora una volta di ragionare come se il mondo intero fosse fatto di pasta per il pane. Cosa assolutamente vera.

«Gesù dovrà pur camminare sulle acque!» protestò Anouk.

«No» rispose Elsa. «Non ci andiamo.»

Anouk puntò i piedi. «E invece sì!»

«Avrei dovuto mettermi altre scarpe. Mi dispiace, piccola.»

«Speravo tanto che ci fosse il sole oggi, in modo da poter fare una passeggiata fin laggiù!» Anouk corse dentro al laboratorio dove posava sempre il suo zaino. Ne tirò fuori un paio di stivali di gomma rosso fiammante con le margherite. «Li ho messi apposta nello zaino.» Tornò in fretta da Elsa e glieli mise in mano come se dovesse controllarne la qualità. «Sono anche molto belli!»

«Non ci andremo comunque.»

Anouk mise il broncio. «Ma io voglio andarci!»

Giacomo si avvicinò e si inginocchiò davanti alla bambina. «Quando Elsa dice di no, devi accettarlo. Lei sa esattamente cosa poter chiedere a sé stessa e cosa no. Elsa è una donna anziana, e da qui allo stagno c'è un bel po' di strada da fare.» Le fece l'occhiolino con sguardo complice.

«Mai sentite tante stupidaggini tutte insieme!» Elsa prese il cappotto. «Come se non fossi più in grado di fare due passi per arrivare allo stagno. Ma cosa dovrebbe pensare la bambina?» Prese per mano Anouk. «Adesso ci andiamo, piccola. Vorrà dire che dopo mi ripulirò le scarpe.» Scosse il capo. «Nemmeno avessi cento anni, incredibile!» Lanciò uno sguardo adirato a Giacomo. «Motto però resta qui. Lei sì che non ce la fa più a camminare così a lungo!»

Dopo che se ne furono andate entrambe dal negozio, Giacomo si concesse un sorriso che esprimeva soddisfazione.

Davanti alla porta Anouk si strusciò al fianco di Elsa. «Ora sei la mia nonna del panificio? Oppure la mia nonna-pane?» Rise.

«Io sono la tua Elsa.»

«E hai molti bambini come me? O bambini che accudisci?»

«No, ci sei soltanto tu.»

«Perfetto! Anche mamma e papà hanno soltanto me, e anch'io ho soltanto Gesù bambino. Se un bambino è venuto buono, allora basta quello.»

Elsa tacque.

«Giacomo è tuo figlio?»

«No di certo.»

«Allora ne hai un altro?»

Si schiarì la voce perché d'un tratto si sentì la gola secca. «Sì, ma è molto lontano.»

«E quando torna?»

«Non torna.»

«Ah, che peccato.»

«Sì, penso anch'io.»

Anouk si fermò, e quando anche Elsa si fermò, abbracciò l'anziana donna. O meglio: le abbracciò i fianchi, non arrivando più in alto di lì.

«Ora va meglio?» le domandò.

«Sì» disse Elsa con voce debole e spezzata. «Vogliamo fare un po' di silenzio per sentire il cinguettio degli uccelli?»

«O il rumore delle auto?»

«Anche quello. Pensi di farcela sino allo stagno?»

«Sì, sono bravissima al gioco del silenzio. Mamma non mi crede, eppure sono brava!»

Non era poi così brava come pensava, ma per un po' fece finalmente riprendere fiato a Elsa. A un certo punto arrivò il momento in cui ogni distrazione le sarebbe tornata utile, e così propose ad Anouk di cantare una canzone. Ma lei rispose che la Santa Vergine era nota in tutto il mondo per la sua capacità di fischiare. Fischiò quindi per Elsa canzoni da lei inventate dal titolo *Gesù va in città in treno* o *Quando Gesù ha avuto i pidocchi* o ancora *Maria apre uno zoo.*

Poi arrivarono allo stagno.

«C'eri già venuta?» domandò Anouk.

«Sì» rispose Elsa. «Proprio di recente. Ma prima di allora era tanto che non ci tornavo.»

«Certo che è bello qui!»

«Sì, lo è.»

«Mi piacerebbe restarci.»

Elsa si girò di lato per nascondere alla bambina le lacrime che all'improvviso le rigavano il volto. Era davvero bello lì, proprio allora, in primavera, quando splendeva il sole. Come ultima meta suo figlio aveva scelto il più bel posto del villaggio.

Anouk stese una piccola tovaglia, che aveva portato con sé nello zaino, e ci mise sopra un pacchetto di biscotti e due cartoni di aranciata (con la cannuccia). «Picnic! Ma i primi biscotti toccano a Gesù, okay?»

Con un lieve gemito Elsa si sedette sulla tovaglia. Erano passati anni, anzi decenni dall'ultima volta che aveva fatto un picnic.

«È un bene che Gesù sia vissuto, vero?» disse Anouk. «Anche se ora è morto.»

«Sì, è un bene» confermò Elsa.

«E per certi versi non è nemmeno morto.»

«No» rispose Elsa. «Non lo è.» Dovette di nuovo distogliere lo sguardo perché le si stavano riempiendo gli occhi di lacrime. Provò a trattenerle, ma fu uno sforzo inutile, e alla fine cedette, si voltò verso la bambina e la strinse forte.

«Non stai bene, nonna-pane?»

«Certo» la rassicurò Elsa. «Sto bene. Perché tu sei qui con me, piccola Anouk.»

«Maria!»

Anche se stava piangendo, la donna non poté fare a meno di ridere. «Maria, naturalmente.»

«Vuoi vedere Gesù camminare sull'acqua?»

Anouk balzò in piedi con la sua Barbie dai fianchi avvolti quel giorno in un calzino rosa.

«Ma soltanto ai bordi! Al centro lo stagno è molto profondo.»

«Soltanto ai bordi» ribatté Anouk. «Gesù ha sempre camminato sull'acqua lungo i bordi. È sempre stato prudente!»

«Allora, piccola Maria, mostrami Gesù che cammina sull'acqua.»

Anouk sollevò in aria la sua Barbie e imitò il rumore di un aeroplano. «Gesù sta arrivando!»

Elsa prese un biscotto.

Fu una bella giornata.

* * *

L'impasto stava aspettando.

Mancava ancora molto prima che si facesse giorno, quando la porta di casa si richiuse alle spalle di Sofie con un leggero scatto. Ma già nell'oscurità si cominciava a intravedere una parvenza di sole. Come se la notte sapesse di doversi ormai ritirare nel suo antro. Si accorse che il suo sguardo sul villaggio era cambiato ulteriormente. Non camminava più fra le case ma fra enormi pani bianchi in cassetta, pani di misto segale e brioche.

Alla porta d'ingresso del negozio era appeso il cartello *Oggi si riapre l'attività*. E sopra, la scritta Panificio Johannes Pape & Figlio era coperta da un telo. Ma da tutte le finestre del laboratorio si vedeva la luce accesa. Nella semioscurità dell'alba a Sofie sembrò una di quelle case di ceramica illuminate che d'inverno si mettevano sul davanzale delle finestre.

Aprì la porta piano piano, come se temesse di disturbare Giacomo in qualcosa. Ma lui era già intento ad accendere il forno. Il vecchio drago soffiò.

«Buongiorno, capo.» Ultimamente si era abituata a quel "capo", sapeva di lavoro normale, di mestiere, di pausa colazione e di orologio marcatempo.

«Buongiorno, giovane fornaia» replicò Giacomo.

«Cosa stai facendo?»

«Il tuo nuovo pane.»

Sofie andò davanti al forno e ci guardò dentro. «Hai cantato una nuova storia per me?»

«Sì.»

«Mi piacerebbe molto ascoltarla.»

«Prima assaggia il pane. E fanne uno tu. Tu sai quale. Credo che oggi sia il giorno giusto.» Giacomo la guardò. «È un giorno tutto tuo. Te lo regalo.»

Per questo aveva chiuso il panificio. Il piccolo laboratorio quel giorno doveva essere a sua completa disposizione.

Sofie lo strinse in un lungo abbraccio. «Grazie.»

«Sai quale impasto?»

«Niente segale, niente farro, soltanto grano. Grano italiano. Il migliore.»

«Ottima scelta» disse lui.

«E tu cosa hai scelto per il mio pane?»

Giacomo rise sotto i baffi. «Anch'io grano italiano. Il migliore.»

Il pane lievitò in modo straordinario, si tese e si allungò pieno di slancio, prendendo forma in modo armonico e con doratura regolare.

«Ha un bell'aspetto.»

«Trovi anche tu?»

Era come a Natale, da bambina, quando doveva aspettare per scartare i regali scintillanti sotto l'albero perché prima dovevano cantare.

Dopo che Giacomo ebbe tirato fuori il pane con la pala, ci volle parecchio prima che si raffreddasse. Impaziente, Sofie allungava di continuo la mano, ma lui la scacciava ogni volta con delicatezza.

Alla fine ne tagliò una fetta dal centro e gliela porse. La crosta era dorata, sottile e croccante, la mollica leggermente porosa e regolare, e il sapore era…

Sofie sorrise. Non fu in grado di dire che sapore avesse quel pane. Ma ebbe la sensazione di essere a casa. Anzi di più, di trovarsi nel posto giusto.

«La tua dev'essere stata proprio una bella storia» disse lei.

«Adesso tocca a te.» Giacomo si allontanò dal piano di lavoro. «All'opera!»

Sofie avrebbe fatto altri due pani. Uno per la donna che era stata, uno per quella che era diventata.

Il primo pane lo fece esattamente come la volta precedente. Iniziò *en dehors*, poi si allungò nell'*arabesque* per passare infine all'*attitude*, imprimendo quando più quando meno energia all'impasto, il suo partner di danza.

Il secondo pane stavolta non sarebbe stato un pane bianco salato ma una brioche.

Ora danzarono soltanto le sue dita, e più di quanto avessero mai fatto prima, affondando nell'impasto per girarlo su di sé, eseguendo persino piroette, sollevandolo e facendolo atterrare dolcemente. Forse, pensò Sofie, l'impasto non aspettava che quello.

Quando fu sul punto di dare ai panetti la loro forma definitiva, Giacomo le si avvicinò.

«Forse c'è un'ultima cosa che posso ancora insegnarti. Sai già farla, ma potresti gestirla con maggior sicurezza.»

Lei si mise ironicamente sull'attenti. «Sono tutta orecchie, capo.»

Prese il suo pane per Sofie e lo capovolse. «Mi riferisco al punto di chiusura, dove l'impasto viene fissato in modo impreciso.» Le mostrò il piccolo ma inevitabile inestetismo. «Mi dà sempre l'idea di una ferita richiusa male. Ecco perché cerchiamo di nasconderla il più possibile! Viene sotto e nessuno ci fa caso.» Girò di nuovo il pane e si schiarì la voce fiero. «Da sopra sembra perfetto, vero? Nessuno deve sapere della chiusura dell'impasto. Lo sa soltanto il pane.»

«Pensi che dovrei nasconderla di più?»

«Sì, esatto. Deve risultare impeccabile!»

Sofie fece un cenno di assenso, iniziando a lavorare il punto di chiusura dell'impasto.

Ma poi si fermò.

«Sai cosa? Tutti devono vedere il mio punto di chiusura! Il pane non deve vergognarsene nemmeno un po'. I miei pani ce lo avranno a vista.» Lo rigirò.

«Ma con le brioche non si fa. Altrimenti in forno la crosta si apre in modo incontrollato!»

«Che lo faccia pure.»

«Ma così ogni brioche sarà diversa dalle altre.»

«Esatto!»

«Ma...»

«È come con le persone» lo interruppe Sofie ridendo forte. «Adesso parlo proprio come te!»

Anche Giacomo non poté fare a meno di ridere. Poi le scostò dolcemente una ciocca di capelli dal viso. «Sono davvero molto orgoglioso di te!»

Le guance di Sofie diventarono rosse. «È quel che ho sempre desiderato.» Le si formò un nodo alla gola. «E adesso finalmente l'impasto va in forno!» disse con la voce rotta prendendo la pala grande.

Mentre i pani cuocevano, lei non fece altro che guardarli tutto il tempo.

Era ormai una fornaia, disse fra sé, e per giunta anche una fornaia felice. I bei tempi in cui faceva la ballerina appartenevano al passato, a un'altra vita, a un'altra Sofie, che in ogni caso avrebbe fatto parte di lei per sempre. Ma ormai si era trasformata in crisalide, non era più un baobab spazzato via dal vento bensì un ceppo che tutti avevano dato per morto e che invece stava cominciando a germogliare.

Giacomo sparì per qualche istante in negozio, ma tornò giusto in tempo per vederla sfornare il primo pane e poco dopo il secondo.

Sofie non aspettò che fossero freddi, in fin dei conti aveva ormai il tocco refrattario di una fornaia. Staccò un pezzo da ciascuno e li assaggiò entrambi ancora caldi.

Al primo non pianse più.

E al secondo sorrise.

Poi con il labbro inferiore tremolante guardò Giacomo. «Ce l'ho fatta.»

«Lo sapevo» disse lui prendendole la mano. «Vieni!»

La portò all'uscita secondaria, ma non salirono in casa passando dal vialetto di ghiaia, andarono in strada, davanti al negozio.

«Cosa ci facciamo qui?» domandò Sofie. «Perché a un tratto sei così taciturno?»

Giacomo posò le mani sui fianchi di Sofie e la fece girare piano piano in modo da guardare il panificio.

E la nuova scritta.

Le lettere erano piene di svolazzi esattamente come prima, ma il colore era acceso e le parole erano state cambiate.

Panificio Eichner & Botura

Sofie si portò entrambe le mani alla bocca.

«Ma… *tu* dovresti venire per primo!»

«La bellezza prima dell'età» disse Giacomo ridendo sotto i baffi.

Gli gettò le braccia al collo senza più trattenere le lacrime. «Ti prego, canta qualcosa per me! Ho urgente bisogno di una canzone.»

«Qualcosa del grande Domenico Modugno?»

Lei scosse forte la testa. «No, qualcosa del grande Giacomo Botura.»

Poi Sofie gli prese le mani, se ne mise una sulla spalla e l'altra sulla vita. «Mi concede un ballo?»

Ballarono insieme mentre Giacomo cantava in versi la sua storia. La cantò e la ricantò di nuovo. Sin quando non gli girò la testa per le molte piroette e poté soltanto canticchiare a bocca chiusa.

Per quanto si balla ancora, finita la musica?

Sofie adesso lo sapeva. Si metteva un nuovo disco sul giradischi, si sistemava la puntina nel solco e si continuava a girare. Non sarebbe più stata la vecchia musica di un tempo, ma era possibile danzare con ogni musica, purché buona.

E se si era molto fortunati, si trovava anche un partner di ballo all'altezza.

Ringraziamenti

I miei ringraziamenti – in ordine quasi rigorosamente alfabetico – vanno a Milena Drefke (Panificio Brotbäckchen), a Gerd Henn, al mio agente Lars Schultze-Kossack e alla sua dolce metà Nadja Kossack, ai miei colleghi e al buon amico Ralf Kramp, Andi Rogenhagen, al mio fratello segreto Dennis Witton, a Kerstin Wolff, e soprattutto a Vanessa Rehme, che non soltanto legge per prima i miei libri ma li vive anche con me. Grazie inoltre di sopportarmi!

Un grazie anche ad Andrea Müller e Bettina Traub per la loro attenta lettura, alla mia straordinaria editor Felicitas von Lovenberg e a tutto il team della casa editrice Piper Verlag.

Grazie anche a Blue Rose Code, Luka Bloom, José González e Cassandra Jenkins, che hanno provveduto alle musiche di questo libro. E a Harry & Sally, che mi hanno sempre tenuto compagnia mentre scrivevo. Anche se invaso ovunque di peli di gatto.

Ringrazio i miei figli Frederick e Charlotte, ai quali voglio molto bene. Sono adolescenti, e questo romanzo non lo leggeranno subito, trovano infatti *cringe* che il loro padre abbia scritto un libro.

In memoria dei due meravigliosi bassotti della mia infanzia: Trixi e Heike. Adesso vi siete aggiudicati per sempre un posto davanti al forno bollente di un panificio. E dimentichiamoci una volta per tutte della stupida storia del caffè in polvere, okay?

Indice

Dello stesso autore

Rilegato con sovraccoperta - pp. 256 - euro 15,90

L'uomo che portava a spasso i libri

Nonostante i suoi settantuno anni, ogni giorno il libraio Carl Kollhoff parte per il suo "giro"; infatti è addetto alla consegna a domicilio dei libri ordinati dai suoi clienti più speciali. Lettori voraci che sono diventati suoi amici e che lui chiama come i personaggi dei grandi classici della letteratura: da Mr Darcy, un vecchio cliente che vive da solo in una grande villa, al dottor Faust, che legge solo saggi storici, passando per Jane Eyre, la signora Calzelunghe, Ercole e molti altri. Ma una sera, durante il suo percorso attraverso il centro della città, sbuca al suo fianco una bambina dai ricci scuri, col viso pieno di lentiggini. Ha

MISTO
Carta da fonti gestite in maniera responsabile
FSC® C115118
FSC
www.fsc.org

Stampato presso Elcograf S.p.A.
Stabilimento di Cles